忘不了，是因为你不想忘

蔡澜 著

蔡澜写给年轻人的书信合集

青岛出版社
QINGDAO PUBLISHING HOUSE

图书在版编目（CIP）数据

忘不了，是因为你不想忘 / 蔡澜著 . — 青岛 : 青岛出版社，2016.11 （蔡澜·致青春）
ISBN 978-7-5552-4690-9

Ⅰ . ①忘… Ⅱ . ①蔡… Ⅲ . ①书信集 – 中国 – 当代 Ⅳ . ① I267.5

中国版本图书馆 CIP 数据核字（2016）第 244749 号

书　　名　忘不了，是因为你不想忘
著　　者　蔡　澜
出版发行　青岛出版社
社　　址　青岛市海尔路182号（266061）
本社网址　http://www.qdpub.com
邮购电话　13335059110　0532-68068026
选题策划　贺　林
责任编辑　贺　林
特约编辑　梦太奇
插　　画　苏美璐
封面设计　门乃婷工作室
制　　版　青岛乐喜力科技发展有限公司
印　　刷　青岛名扬数码印刷有限责任公司
出版日期　2017年8月第1版　2017年9月第2次印刷
开　　本　32开（890毫米 × 1240毫米）
印　　张　8.75
字　　数　200千
图　　数　21幅
印　　数　10001-15000
书　　号　ISBN 978-7-5552-4690-9
定　　价　39.80元

编校印装质量、盗版监督服务电话：4006532017　0532-68068638

建议陈列类别：文学类　励志类

目录

【爱上一个“不该爱”的人】

【“三角恋”以及“多角恋”】

【恋爱的阻力、困难与迷茫】

【爱情、友情及其他】

【遇人不淑，遭遇“渣男（女）”】

【分手快乐】

【生活琐事】

爱上一个『不该爱』的人

喜欢上“闺蜜”的男友

你们这个年纪的友情薄得像一张纸，说变就变。如果事情发生在你朋友身上，她可能分分钟先出卖了你，而你还蒙在鼓里，高呼“友情万岁”呢！

蔡澜先生：

你好！客套话我不多说了，最近遇到一件事，让我感到很苦恼，希望你能帮我解决。Thank You！

大约一年前，我的好朋友Crystal喜欢上她的同班同学Vincent。Crystal常常对我说Vincent的事，不知不觉间，我对Vincent开始产生好感。后来，Crystal喜欢上另外一个男同学，而我也开始主动向Crystal询问有关Vincent的事（因为我跟Vincent是不同学校的）。

Crystal察觉到我对Vincent的好感，她说把我介绍给Vincent认识，但是我拒绝了。因为我知道，即便Vincent知道有我的存在也没有用，因他在学校里太受欢迎了，喜欢他的人数不胜数。我只是一个普通得不能再普通的女孩，他根本不会留意我。所以，一直以来，只要能够从Crystal口中得悉他的事，我便心满意足了。

但是好景不长，最近Crystal与Vincent复合，还问我是不是仍然喜欢Vincent，有没有打算和她“争”。我以开玩笑的语气回答她：“当然不啦！”那时，我心里很不舒服。如果Vincent和Crystal在一起，我一定会妒忌她。但是我不想因为Vincent而放弃和Crystal之间的友谊！蔡先生，我该怎么办呢？我尝试去忘记他，但并不容易，希望你可以帮我解决这个问题！ Thank You！

祝工作愉快！万事如意！

PS：对不起！我的字很难看呢！

十五岁的咏儿　上

十五岁的咏儿：

你的字很工整，不算难看，比你的字难看的大学生多得是。

喜欢上好朋友的男朋友的人，多得是，你不是第一个。

为什么会喜欢上他？是一种感觉。从朋友那里听得多了，便渐渐爱上他。这完全是听回来的感觉，不是亲自感受的感觉，也可以说是“第二手”感觉，是不值得去追求的。

少女总要开始恋爱。你的生活圈子很小，没有机会认识更多的男孩子，就这样糊里糊涂地爱上了朋友的男友罢了。这是命运的安排，你逃也逃不了的。

所以，不能怪你多情，你也不必限制自己、责备自己。

如果确实喜欢他到发狂，那么就放心大胆地去追他好了。别说什么为了朋友的友情而放弃他。

你们这个年纪的友情薄得像一张纸，说变就变，要是事情发生在你朋友身上，她可能分分钟先出卖了你，而你还蒙在鼓里，高呼“友情万岁”呢！

要忘记一个喜欢的人，当然不容易。我常劝人家，要忘记一个人，最好的办法是找另一个人代替。我已经说了多次，不想再重复。既然你不能忘记他，那么继续痛苦下去吧！对你来说，也许这是一种新的经验，你需要好好地去享受它，忘了做什么？

这个男生在学校里大受欢迎，他那么年轻，可能已经飘飘然了。这种人多数很轻浮，就算你追到他，也会很快失去他。

但是“不到黄河心不死”，在这种情形之下，你为什么不鼓起勇气直接跟他说你喜欢他呢？也许奇迹会出现的呀！如果你不相信奇迹，那就认命吧！

从你的字迹和来信内容看来，你是一个温和的女孩子，喜欢你的人一定会出现，这不是奇迹，这是我可以保证的事。你把我这封回信贴在天花板上，直到遇到你的“真命天子”时再打开来看，你一定会微笑。

蔡澜　上

难得有情人

刚和男人交往便“死都要嫁他”的话，那么，你没有资格谈恋爱。

敬爱的蔡澜先生：

你好吗？

其实，困扰我多年的问题很简单也很老套，但这些年来一直把我搞得烦恼不堪。我之前从未写信求教情感问题，主要是因为对主持人没有信心，但你一直是我钟爱的作家，由你开解我，我有信心多了。

在与我丈夫婚前恋爱的第三年，我认识了一个做“武师”的男性朋友。与这位男性朋友碰撞出火花后，我便开始盘算与我丈夫分手，但半年后我知悉：那个“武师”是有妇之夫！我伤心之余，下定决心和我现在的丈夫结了婚。但是，我的婚后生活并不愉快，因心里常有比较，始终都觉得还是那个“武师”更懂得哄我开心。我还一直心存幻想，希望有一天他肯离婚，跟我在一起。

近几日，我在街上偶遇他和他太太，他们两人看上去感情非常好，我想我是没有什么希望了。但他始终是我最喜欢的男人，没有任何人比得上他。我本以为，时间可以冲淡一切，但并没有。结婚六年后的今日，我仍然在想他。特别是在知道他和太太仍然在一起的事实后，我感到更加痛心。如何可以不再想他呢？

热切等待你的回复！

雯雯　上

雯雯：

烦恼的起因，往往只是一个人以本身的立场看事情。处于别人的位置，就会比较立体，困扰也比较容易解决。

好。现在我们模拟一个“罗生门”的版本吧。

先由“武师”朋友的角度看起：认识了一个女子，想和她做朋友，但是又怕她知道自己已婚而不来往，便骗这个女子说自己没有老婆。

半年之后，这女子发现自己已婚的事实。她伤心之余，嫁给了另外一个男人。

终于松了一口气！不然她总来纠缠不清怎么办？这个女人不是拿得起放得下的人，她是一个玩过之后便要“上身”的女子，非常可怕。

终归，最初骗过她，总有点后悔。

丈夫的立场：认识这个女孩子三年了，她一直不看好我，但是忽然一天莫名其妙地说结婚就结婚，真奇怪。

结婚六年来，她没有开心过，我知道她爱的是另外一个人，但是六年加三年恋爱，总有点感情吧。

我是无辜的。难道她不能在我身上发现一点点的好处吗？她要人同情，谁来同情我？

现在轮到你了。

你和“武师”朋友交往，感到很开心，并非完全是因为爱上他的IQ吧？

如果你要寻找肉体的喜悦，那么相信世界上比他强的人有很多。

既然人家已有老婆，你何必再去烦他呢？如果是精神上的恋爱，那么更应该为他牺牲，让他幸福，别再烦人家了。

如果时间不能冲淡一切，和现在的丈夫越早分手越好，免得他一世不幸。离开他后，你再去找别的男人好了。

但是要记得：如果刚和男人交往便“死都要嫁他”，那么你没有资格谈恋爱。

做人潇洒一点吧！创造机会到外地去旅行，多走，多看，多认识人，你便会发觉，从前的“武师”并非唯一的“武师”。

因为你说喜欢看我写的东西，得到你的信任，我不得不把话讲得坦白、真心，希望你能接受。

祝好！

蔡澜　上

男人不一定真的只想要一个妹妹

勇敢地活下去，时间会解决一切。除此以外，再也没有其他方法了。

蔡先生：

我有些问题要向你请教，因为我觉得你讲的每一句话都好实际、好现实、好残酷，但也是最实用的。

我之所以渴望得到你的指教，是因为我爱上了一个人。我们“认识”三年有余，但还没见过面。因为他正在监狱服刑。

最近他得到假释，立即来找我，但我不在家，所以到现在还没有与他见面。我不知他是否真的爱我，我曾再三追问，他说我们是“不可能的”。因为未见面，大家都不知对方是何种性格之人，是不可能讲到爱的。他说，他只会把我当成好朋友或者妹妹。

但我偏偏爱到不能自拔，因为我喜欢他坦白，也明白事业对他来讲比爱情更重要。选择事业是对的。蔡先生，你认为他有一点点爱我吗？我想等下去，就算十年，或者更长，只希望有一天他能说爱我。

家里的人不知道这个人的存在，以为我从未恋爱过，还介绍了一些男人给我认识。我不敢抗拒，相亲后也不表态，因为我根本不可能对第二个男人产生爱的感觉。

但我又深深明白，我跟他百分之九十九是没结果的。最终，我不得不选择和其他男人结婚这条路。

我是很不愿意结婚的，也很害怕，宁愿一辈子不嫁。但在家人、世俗的压力下，我又不得不屈服。

蔡先生，你认为我嫁人后会幸福吗？我是否太不切实际？我每天都会想很多很多，真害怕有一天会发疯。我是一个不喜欢多说话的人，不骗你，我每一日主动同别人讲话也不过三句，只是在工作上不得不出声罢了。

现在，我总感到做人不知为了什么，好无聊，倒不如死了好。请教教我应怎样去走这一段路，我将感激不尽！

祝现在与未来活得更精彩！

叶欢　上

叶欢：

你真有勇气！从未见过面的人都敢爱，而且还是一个囚犯。

爱情是盲目的，你所做的无所谓对还是错，所以我不会像一般人那样劝你不要和这种人来往。我只觉得你勇气可嘉，但是在够胆量之余，你应该冷静下来反思，这样才不会烦恼。

第一，我不相信作为朋友你不能去探监。你那样爱他，为什么不去见见他？是不是怕见了令你失望？他那么爱你，为什么不要求与你会面？这都是值得思考的。

第二，你说的“再三追问”是怎样问的？写信？通电话？传真？既然能“再三”，通讯一定没问题，那么他假释出来见面时，为什

么不预先通知你一声？

第三，事业比爱情重要，这是他的观点。他只能把你当妹妹，为什么不先做他妹妹？见面次数多了，感情更深，那时他不当你是老婆也不行。如果你那么爱他，也应该尊重他的事业心。像你那么痴情的女子，他当然对你有一点点的爱意，你大可放心。男人让女人当妹妹，不一定真的只想要一个妹妹。

第四，你说你要等他十年，很好、很伟大，就等下去吧！但千万别说什么“不嫁人被视为嫁不出去”的话。嫁不出就嫁不出。伟大的人，要做出牺牲，连旁人的闲言闲语你也顾虑，就不够伟大了。

第五，你说你没有爱过。啊，这世上还有许多种感情，还有好多人值得去爱。如果你只认定是这位犯人朋友，万一有一天你们真能在一起，经过十几年，你又要后悔：我当时怎么只爱这一人？如果再遇到一两个条件更好的，那么你又会心痒痒的了。

第六，家人安排你嫁人，这不叫嫁人，叫“害死人”。试想那个可怜的丈夫，娶到的只是一具躯壳，对他公不公平？

最后，你说你烦恼，不如死了好。一个正常的人，寻死是不容易的。自杀者往往早已有自毁的倾向，相信你不至于是这种人吧。勇敢地活下去，时间会解决一切。除此之外，再也没有其他方法了。

祝好！

蔡澜　上

嫁给一个不回家的人

既然你们之间有爱情，那你只得容忍；如果不想容忍，只能分开。

蔡澜先生：

我的丈夫沉迷于麻将玩乐，半夜三更才睡眼蒙眬地“摸”回家，而我只能气愤难平、一夜无眠到天亮，还要替他煮好早餐再上班。我真不明白，他白天上班已穿戴“面具”挣扎得筋疲力尽，为何下班还要流连牌局消耗精力？男人是否都不能远离世俗呢？还是他内心不愿远离？

眼看丈夫由一个上进的大好青年变成一个赌徒，我内心非常着急。他屡劝不改，让人既生气又失望。

正因为我关心他、紧张他，才苦口婆心；若是我麻木不仁，他即便由“龙”变“蛇”也是咎由自取。我只是不甘心，自己托付终身之人竟这样不足以信任，难以与之天长地久。

我更担心，长此以往，他还会斗胆“包二奶”，到时我就更无能为力了。不知您有什么好办法，让他“归来吧”！

爱上一个不回家的人　上

爱上一个不回家的人：

男人下班后打麻将打到天亮，再接着去工作，不是一件什么大不了的事。这种人精力旺盛，几个通宵照熬不误，并不会影响事业。

问题在于，他有没有打来电话交代一声？我认为，这种夫妻间基本的礼貌还是要有的。

如果这个男人沉迷于赌博，那就无可救药了，唯有时间和失败才能给他教训，他才会醒悟。你关心他，苦口婆心，反而会变成喋喋不休的“黄脸婆”，男人是听不进去的。

你有两种做法：一种做法是消极的，他打麻将，你也打麻将，这个家，你不顾，我也不管，互相残杀，各自毁灭。不过，我想这是你不会使用的一招。

积极的做法是离开他。别误会，我对婚姻规则还是遵守的。我不鼓励人家离婚，但在这种无法忍受的情形下，人权重于一切，你可以和他摊牌。不过，我想你也是不会这样做的，因为你还是“爱”着这个不回家的人。

既然你们之间有爱情，那你只得容忍；如果不想容忍，只能分开。又想这，又想那，痛苦在你自己，神仙也帮不了你。

而且，丈夫的嗜赌问题还没解决，你已经开始担心他会不会“包二奶”了，多余！

有什么办法让他“归来吧”？

很容易。

首先，你要照照镜子。

你现在的样子是否和恋爱时一样？

如果不是，那就要从你自身着手。

晚上，他拥抱你的时候，和你们在热恋中有什么不同？

要是已经冷淡且变成例行公事，那也难怪你的丈夫宁愿打麻将也不回家了。

以上“毛病”你都没有的话，那么错在这个男人。这时就不是甘心与否的问题了，还有什么面子可顾？

祝好！

蔡澜　上

你不是一个坏女人

你不是一个坏女人。只不过，命运安排你扮演一个与有妇之夫恋爱的角色罢了！

蔡澜先生：

我爱上一个有妇之夫，已经五年了。我们的关系还持续着，但我不是“二奶”，也不愿意被称为“情妇”，因为以上两者都含有“被包养”的意思。我是一个有独立经济能力的人。心理上，我觉得我是他的太太，只不过我没有名分。我能得到他的爱，但得不到他的人。

有时候，我觉得自己接近疯狂，我已不再是五年前的我了。因为爱他，我变了另一个人。这五年来，先甜后苦：头两年，他的太太“坐移民监”，我和他经常在一起生活，很快乐。三年前，他太太回香港居住，从此以后，我和他只能偷偷见面，每次匆匆忙忙，实在很痛苦。我有时情绪低落，晚上打电话去他家，他很慌张，匆忙收线，我抱着电话听筒哭了一个晚上。他很怕我打电话去他家找他。

不要问我，他爱不爱我，问题不在于此。因为我太爱他了，任何代价都好，我都要爱他，所以我痛苦。我曾经幻想他太太能包容我的存在。我真是太天真了，天下哪有女人会把半个丈夫奉送给一个情敌？近年来，他的太太开始发现他有外遇，也差不多肯定那个外遇就是我，所以经常和他吵闹。

你一定会问我：他的床上功夫很好，使你如此痴迷？我不否认。和他在一起，每次都是无比美妙，但是这种美妙的感觉是因为有爱的基础。

我疯了吗？我是一个坏女人吗？抢了人家的丈夫还在说风凉话。我现在也搞不清楚，只是觉得进退两难，爱他也苦，离开他又怕自己受不了。我真希望他的妻子能包容一点，给我一条生路，给他一点空间，天下太平不好吗？

祝好！

恺　上

恺:

你不是一个坏女人。

你是一个正常的女人。只不过，命运安排你扮演一个与有妇之夫恋爱的角色罢了！

你经济独立，根本就不是“二奶”。“情妇”这个名称，有人觉得好，有人觉得坏，别人叫你什么是别人的事，只要你自己不把自己当作有罪的人，那就心安理得了。

至于“抢丈夫”，你根本没有“抢”过，分明是人家送上门的，你更不应有罪恶感。

如果说你有错，那么是错在硬要和“大婆”分享一个人。如果你顺其自然，他能来就来，不能来就算，是不是会好过一点?

当然，我知道这是“说时容易做时难”，但是你可不可以爱得潇洒一点呢?别把时间完全用在等待他，做自己喜欢做的事，有时和别的男人约约会，就能快乐一点。

别以为这是根本做不到的。我有许多已婚同事的女友，也都是这样地快快乐乐地过活，过得天下太平。

你做得最差的一点是打电话到他家里去，这是最大的禁忌。你明明知道他不喜欢，为何还要一意孤行？结果只有自己痛苦。你抱着电话痛哭一晚，是你自己找罪来受，怪不得他。

既然你已说“太爱他”，可以付出任何代价，为什么连“打电话到他家”这件事都不能牺牲？这不是自打嘴巴吗？

我才不会问你床上功夫好不好。他想和你在一起，你一定有你的优点。性这一回事，一两小时便已疲倦得要死，何况普通男人只能来个五分钟！

和他匆匆忙忙，也有匆匆忙忙的乐趣呀！至少好过连匆匆忙忙也没有。

男人做完了那件事，心中又顾虑着骗“大婆”会不会被拆穿，当然想赶快回去，求个安全。这是他们的心理，你能了解最好，不明白的话只能徒增他的负担，也是爱情冷却的主要原因之一。

总之，自己选择的路自己走，境由心生，认为快乐就快乐，认为痛苦就痛苦。

祝好！

蔡澜　上

一切的烦恼，来自纠缠不清的情感

有妇之夫有权去爱另一个人，只要他坦白地告诉你。但你的这个男人是个懦夫，不敢坦承相告，所以不要也罢。

蔡先生：

你好。

我已二十多岁了，但真正的恋爱却一次也没有。虽曾有多位“有心人”追求，但我都没接受，因为他们都是有妇之夫。我不是“不三不四”的女孩，我绝不会做破坏别人的家庭幸福的事。

我一直过着寂寞的生活，每天工作、休息，再工作再休息。直到他的出现，令我产生爱的感觉。当我正想从内心接受他的时候，竟从朋友口中得知：他已结婚。我很震惊，不知所措。

现在的我，真的不知如何是好。他一直没有向我表白过什么，亦没有提及已婚一事，我现在该怎么办？我真的很喜欢他，我甚至不敢告诉他已知道他有太太。我真的不想失去他，又怕他的另一半伤心。我也真的不想做“第三者”，为什么以前可以拒绝别人的丈夫，这次却不能？请您教我该如何是好！我真的怕再寂寞，请你救救我！

多谢！

贞　上

贞：

传统的道德，和你的名字一样，你很守贞节，很有原则，这很好。

但问题已发生，要逃避也没有用，你说是不是？

不想与有妇之夫扯上干系，偏偏又遇见一个。通常，我会劝人：“现在已是怎样的一个世界？人家有老婆有什么要紧？只要不伤害到他的妻子就是了。”

但是，在你的个案里，我不会这么说，因为这个男人不值得你去爱。

他是一个骗子。

有妇之夫有权去爱另一个人，只要他坦白地告诉你实情。但这个男人是个懦夫，他不敢坦承相告，所以不要也罢。

劝你去忘掉他也是多余。你现在正在热恋期，劝你与他分开是件不可能的事。

一切的烦恼，来自纠缠不清的情感。

给你的答案共有两个：

一、与他分手。

二、就算人家有老婆，你还是继续爱他，任劳任怨，做一个心甘情愿的情妇。

倘若二者不能选其一，你一定会永远痛苦下去，神仙也救不了你。

我本来也想告诉你，多认识几个新的男友就能忘记他。但是你又会说你是个正经的女孩子，不能这么做。

好，既然你一直过着寂寞的生活，有了他才有感觉，那么他瞒着事实，你也瞒着事实好了。你不大吵大闹，是不会伤害到他老婆的。什么都比寂寞好，做“第三者”也不要紧。我想只有这条路可以走了。

也许，事情讲出来心里就会好过一点。你问他当初为什么要骗你，告诉他你的痛苦，看他怎么说。男人多数会用花言巧语来掩饰自己的罪行，他会有一万个理由来为自己开脱。

虽然，你明明知道他从头到尾都是在骗人，但听了之后，心里总归是舒服的。

之后的日子里，你能得到的，很可能也只是这可怜的这几句话。至于要不要听，你自己决定吧。

蔡澜　上

错在你们相识太晚

你有权利去爱他，这不是破不破坏家庭的事，你只是去深深地爱一个已婚的男人而已。错，只错在时间上，错在你们相识太晚。

亲爱的蔡先生：

您好！客气话我不多说了，现有一事请您指教。

我是一个二十三岁的女孩，外貌不错。我和比我年长十多岁的男友在一起也差不多两年时间了。在此期间，我们相处愉快，只可惜他是个有妇之夫，经常飞来飞去做生意。

自上月开始，事情有些变化。每次我想见他，他只是在电话中说“迟些找我”，但在通话中，他对我的态度还是十分关心的，没有一点儿不耐烦及冷淡，还不时跟我“撒娇”。

几日后，我在街上遇见他，他请我吃晚餐，饭后散步时还把手放在我的肩上。在这次晚饭过程中，他十分关心我将会和哪些人外出度假旅行，又让我不要想太多不好的事。

之后我又找过他几次，但他都没有回应，让我感觉莫名其妙。

我相信他一定有麻烦事，而且也差不多相信他的妻子已知道了我的存在。从那以后，我再也没有打电话给他，避免给他太多压力。

其实他和我在一起时，对我十分尊重和爱护。（他很希望和我有更进一步的关系，但我拒绝。）我十分爱惜他，请别笑我，我本人不主张婚前性行为的。

以下几个问题，请您指教：

一、以您的意见，他在搞什么鬼？逃避还是选择？

二、您对我“静观其变”的做法，有什么意见或建议？

三、我不太明白，为什么男士们总是把事藏在心里，让身边的人无所适从？

四、我是不是非常“孩子气”？

希望您能尽快解答我的问题，十分感激。如有错字，请见谅。

PS：在这次三角恋情中，我明白我是要负上一部分责任的。

祝您生活愉快！

小朋友　上

小朋友：

不要说客气话最好。

客气话都是废话，我没有时间和你玩泥沙。

和一个大你十多岁的男朋友恋爱两年，他没有迫你上床，算是很尊敬你了。

你认为他有麻烦，也许是吧！你没有再找他，不给他压力，也证明你很聪明。

回答你的问题：

一、以我的意见，大概是他有“女朋友”的事给家里知道了。他内心权衡了一下，认为还是老婆比你更重要，便决心不再和你来往了。反正在一起的时候，大家开心过。他没和你发生过关系，所以也不欠你什么。

二、你静观其变，很好。也许他能解决家庭纠纷，再来找你。

三、男人有难言之隐，女人也有呀。他让你无所适从，你也有可能让他无所适从，区别在于，他没有写信来烦我罢了。

四、你懂得不去和他大吵大闹，已经不是“孩子气”了。你和他的感情，不能算是“三角恋”；大家互相认识、爱慕或争吵，才算“三角恋”。你没见过他的老婆，也没有和她吵过，哪来的“三角”？

其实，你是幸福的。如果你和她太太也是好朋友，那才会是烦恼，问题也更难解决。

另一方面，不认识他太太也有好处，你的心理负担不必那么重，没有一个影子来嫉妒。

你有权利去爱他，这不是破不破坏家庭的事。你只是去深深地爱一个已婚的男人。错，只错在时间，错在你们相识太晚。

同样，他也有权利和你恋爱，男人在保全自己的家庭的前提下，遇到你这样的“女朋友”，两厢情愿，又能如何去阻止他？但问题一发生，他就要做决策，此时，他只有放弃你了。

你开头就说自己外貌不错，还是二十三岁那么年轻，不如再多找几个男朋友吧。总是缠着一个，到底是不够潇洒的。也有可能，你说自己漂亮，是骗人的吧。

蔡澜　上

心不在，结了婚岂不是更糟？

命运也可能被意识更改，自己认为快乐，那么就是快乐。别人讲的话，当成耳旁风好了。得不到的是最好的，想得到必须做种种牺牲。要做，就别后悔。

蔡澜先生：

我有个心结至今未能解开。我与男友相恋六年并已同居，计划在三四年内结婚。大约在前年的今日，我认识了一个很有风度且温柔体贴的男人。

他给我的印象是英俊、对人友善。也许是当时我正与男友“闹分手”，所以不期然对他日渐倾慕，可惜的是他已有女友。从朋友口中得知，他对我也有意思，只是他不能对其女友不负责任。他女友的家人也催他们尽快在一起，结果他们在今年四月结婚了。虽然他也有邀请我，但我没有出席。我很爱他，我没有勇气去面对新娘不是我的场面。

后来，我的男友对我苦苦哀求，希望与我重修旧好。我满以为与他相恋几年了，对他尚有一丁点感情，只要继续做好他的女朋友，就可以把那个他忘记。造化弄人，偏偏又让我与那人多次相遇。虽然我俩已许久没有联络，但相信他从我眼神中，也会知道我对他仍然念念不忘。正如他曾说过的，如果早一年相识，也许我们会比现在更幸福，生活得更快乐。

蔡先生，或许你会说："心结都是你自己打上的。"我有时会想，如果可以做他的"地下情人"，我也会愿意。这样想是否很愚蠢？但是，我又觉得这样对现在的男友很不公平。蔡先生，你会说"想做就做，喜欢就主动点"，但有时又会建议人不要太盲目去追求。蔡先生，究竟我应该怎么做才好?

这封信太长，真不好意思！越得不到就越想得到，是否每个人都有这种想法?

凌霜　上

凌霜：

你也许没有仔细读我的书，我的意见始终如一：跟着自己的真性情走。教人不要盲目追求，那只是个别例子。

看情形你已经决定：即便做“地下情人”也好过跟一个没有感情的人在一起。这是你自己的决定。没错，尽量不要破坏他的家庭，默默接受一切。万一“东窗事发”，你自己退出，不去增加对方的烦恼，这样才拥有作为一个上等情妇的资格。

虽然你已和现在这个男友同居，心不在，结了婚岂不是更糟糕？

婚姻制度是古人定下来的，未必适合现代的每一个人。有些男人有足够的感情去同时爱上两三个女子，他们搞婚外情并不代表不爱妻子。如果要让他们从两者或三者之中选择一人共度余生，绝大多数的男人还会选择妻子。

《时代》杂志曾刊登人类学专家的分析：有些男人天生就是播种者，这些人一生中拥有多个女人不是他们的错；有些人天生只能应付一个女人，那么即便有一辆旅游巴士那么多的女人放在他面前，他也没能力应付。这听起来好像非常“宿命”，但我们的个性和行为，受遗传因子控制，也有科学依据的。

命运也可能被意识更改，自己认为快乐，那么就是快乐。别人讲的话，当成耳旁风好了。

自己的决定，即便愚蠢，也是甘心的。不是自己的决定，听人说什么做什么，那就更加愚蠢了，已到无药可救的地步了。

你问我究竟怎么做才好？我已回答。来信篇幅长一些，没有问题。如果信太短了，数据不够，反而难于回复。

是的，得不到的是最好的。想得到，必须做种种牺牲。要做，就别后悔。不然，就一直以“得不到是最好”为借口，一直“最好”下去。

蔡澜　上

爱上“死党”的女友

爱情是孽，也是债。得不到的是最好。

蔡澜先生：

你好！真希望能借此信将我心中的苦恼全部宣泄出来，也多谢你看此信。

我今年十九岁，谈过几次恋爱，但每次都不是我去追求别人，而是那些女孩主动追我，故此我实在没有感受过喜欢人或追求别人的心情。在圣诞节时，我和我的好友荣认识了两位女孩，她们分别是Wing和玲。荣虽然已有女朋友，但他仍摆明车马追玲。

我们四人经常走在一起。Wing喜欢我，可我根本不喜欢Wing。荣是瞒着他女朋友而跟玲谈恋爱的，荣常被女朋友管着，但又怕离开她时会伤害她。因此，每当荣和玲外出约会时，我就会帮荣编谎话去骗荣的女友。我也很乐意为他这样做，因为他是我最好的朋友。可是隔了一个月，我渐渐发觉自己也喜欢上了玲。

这是我有生以来第一次这么强烈地喜欢一个人。我每天都想着她，甚至为了多接近她而和Wing在一起。不过，我做什么都没有用，因为玲只喜欢荣。她知道我对荣既妒忌又羡慕。每当荣与玲在一起的时候，我就浑身不自在，胸口很痛。同时，我已厌倦帮他骗他的女友，但我又不想他有麻烦，总之我很矛盾。这样的关系已维持了半年，现在荣已和他女友分了手，而我也和Wing分了手，因为我不想继续伤害她。现在，我还是暗恋玲，奈何大局已定，我没什么可做的了。

有些问题望您能回答：

1.我是否应死心？（玲知道我暗恋她的。）

2.我是否伤害了Wing？（因我对她时冷时热。）

祝安康！

贤仔　上

贤仔：

才十九岁，你就已经恋爱过几次了，算是高手了。

每次都是女孩子追你？那你的条件一定很不错吧！条件很不错的人怎会担心没有女人呢？何必死死追求一个得不到的？

不过，爱情是孽，也是债。得不到的是最好，我也能了解。

就你的例子，我有一个异想天开的方法：跟你的好朋友荣仔开诚布公地谈一谈。

什么？说不出口？

普通的情形之下当然很难。你试试看，安排个机会和荣仔一起，找个地方坐下，像沙滩之类。到便利店买半打啤酒，大家喝完有点醉意。（看你们的年龄，猜到是这个量吧。）

这时，你可以尽量表现出郁郁寡欢、非常寂寞的神情。

“怎么啦？”荣仔一定会问。

“我喜欢上你的女朋友了。”你尽可借酒意大胆宣布。

要是他是你的“死党”，一定会同情你。在年轻时，为朋友赴汤蹈火是很平常的事，老了才不肯干。

如果他生气了，那么你可以说自己醉了，开开玩笑而已。

反正他已有一个女友，虽然现在分开，但尽可又摆明车马再追呀。让一个给你又怎样呢？我相信，如果你有好几个女友，也会让一个给他吧。

当然，症结在玲身上，要是她不肯，荣仔再推给你也是没用的。

你已经知道大局已定，没什么可做的。现在，我教你一条可以走的路：你不死心的话，就尽管试试看吧。

如果你不敢踏出这一步，也别太怪自己没用，当作你伤害了Wing的罪，补偿回去。

我只想再多讲一句：人的一生之中会不断出现很多段爱情。你才十九岁，算没有白白活过。今后，还会有大把女子走在你眼前。那时候，玲的样子，你记也记不起来。现在，既然玲感到你暗恋她，就干脆向她说明好了。怕什么？会死人吗？

蔡澜　上

男人并不清高

女人当然也有和男人一样的烦恼，向他示爱，他不接受，今后连朋友都没的做，值不值得呢？双方在怕、怕、怕之下，不能拥抱，终身饮恨，是最笨的悲剧。

蔡澜先生：

你好。

我今年二十二岁，非常欣赏先生的文章，喜欢您那一针见血的作风。我现在被个人感情事宜所困扰，希望先生能多指教。

最近，他的出现令我困扰不已。他与我是师生关系，在这一年多的相处中，我对他情愫渐生。我相信他能感受到我的心意，而我亦感受到他那份特别的关怀。很讽刺的是，当一大群人在一起的时候，大家会毫不顾忌地眉来眼去。但当有机会单独相处时，彼此却拘谨起来，情况截然不同。

也许是身份的差距，也许是他已有另一半的缘故，这份好感并未能促使他有进一步的表示。从日常观察中，我发现他是一个颇受女生欢迎的人。也许在他眼中，一切都唾手可得，我只是其中一个无名小卒而已！

蔡澜先生，我真的已厌倦这个"猜谜游戏"了。你曾经说过，大人应该对自己所做的事负责，我真的很想一试，和他有进一步的发展，你有什么指教？究竟，怎样能推使或诱使他做出表示呢？

谢谢你的意见！

祝安康！

静宜　敬上

静宜：

上了年纪的好男人，多数是有老婆的。要不然就是家中有个妈妈，自己永远长不大，一直要服侍到老人家过世才肯娶妻成家。再下来的可能性，当然是因为他们可能更喜欢男人。

第一类的男人最正常。

他们也许不会因为婚姻出现了问题才出来胡混。这类人的感情丰富，他们不是不爱自己的老婆，而是有足够的爱去分给另一个，甚至十多个女人。

但男人有时比女子更加害羞，他们也会考虑种种的后果：万一自己先出声，被对方拒绝了，要怎样下台？

要是“表错情”了，自己一个大男人，今后遭这女子“唱衰”，又怎样做人？

如果对方是一个“缠上身”的女子呢？会不会像《孽缘》一样拿了刀子来杀人？

总之，男人虽然对少女有好感，也想有进一步的要求，却常常没有勇气出声，结果不了了之。

女人当然也有和男人一样的烦恼，向他示爱，他不接受，今后连朋友都没得做，值不值得呢?

双方在怕、怕、怕之下，不能拥抱，终身饮恨，是最笨的悲剧。

所以，我认为你既然已经了解游戏规则，豁出去的话，由你迈出第一步吧。

方法有：

一、和他独处的时候，讲话时越来越靠近他。直到他感到你的呼吸、你的气息为止，看他能否把持得住。

二、对方是柳下惠，就要进一步地把头靠过去，放在他的肩膀上。如果这么做他还是没有反应，这男人不值为他牺牲。

三、吃完晚饭后，向他说："今晚我不想一个人度过，你带我去什么地方都可以，我只是不想一个人度过。"

四、装喝醉，不省人事，由他摆布。

五、你和他睡过之后就要忍着不要再睬他，等他来追求时才答应第二次。别怕，他不会只一次就不要你了。男人没那么清高。

蔡澜　上

我爱上我的女同事

好女人，未婚的一定有很多追求者；已婚的，并不代表她们就很快乐。你等下去，有一天她们寂寞了，便会来找你。这叫作“黐功”，很有效的。

蔡澜先生：

我名叫Kelvin，今年三十岁，是一家贸易公司的高层管理人员。

我的相貌不俗，又喜欢到处玩，所以经常有机会结识（接触）异性。在情场上，我一向颇“吃得开”。曾经一度，每晚都有不同的女伴，而我对这些交往的态度一直都是——合则来，不合则去，不去纠缠，也不喜欢受管束。多年以来，我清楚知道，自己伤了很多女孩子的心。

但我一直无悔，直到今年。

可能是以往伤人太多，如今上天要施以惩罚吧！

这“报应”始于今年初，公司来了一位新女主管（与我同级），在此之前，从来没有人像她那么吸引我。她的出现，令我突然有“就是她了”的感觉，更兴起成家立室的念头。

我每晚都会想起她那张美得令人窒息的脸。除美貌外，她还有学识、有头脑。工作上，她八面玲珑，能干之余又不失温柔之态（不像那些终日板着面孔的所谓时代女性），令人可敬。

可惜，这一切赞美话，我都不能对她说。二十八岁的她早已结婚，且育有一子。天啊！我对她的爱却越来越深。在一次偶然的机会下，我驾车送她回家，险些按捺不住在她的粉脸上亲一下（当时她累得睡着了）。到最后，我也没有这样做，但我时刻想起这一情景。

蔡澜先生，我快要疯了，我怕自己会干出更傻的事来。上天为何这样待我，真的要惩罚我吗？

祝好！

Kelvin　上

Kelvin：

老话说：“上得山多遇到虎。”想不到你也有今天吧！

你不用发疯。要是男人都为了这件事而发疯，那么世界上已充满疯子。

这种事，也要看你爱得够不够深。答案如果是，那么你一直等下去，一年、十年、二十年、三十年。答案如果不是，就去找别的女子，疯什么？

好女人，未婚的一定有很多追求者；已婚的，并不代表她们就很快乐。你等下去，有一天她们寂寞了，便会来找你。这叫作“黐功”，很有效的。许多大明星都是这样从别人的怀抱抢过来的。但是“黐功”要用得“君子”一些，不能用太下流的手段，否则将来一旦被发觉，必遭对方抛弃。你当晚没有吻她，做得对。这种事一步走错，便没救了。

不过，一直不表白地等待，也不是最佳方法。你至少要够胆量向她表白，让她知道你对她有意思，但不会破坏她的家庭，让她把你当作是一个知心的朋友，那才会有机会。

万一在告白时遭受她严厉的责备，也别气馁，嬉皮笑脸地当成没这一回事好了。如果你爱得够深的话，等到她“炒你鱿鱼”为止。要是她没这么做，表明你还有一线希望。

其实，不用开口也行。如果她是你形容的那么聪明，心里早就知道你喜欢她，只要你不越轨，继续去爱好了。如果她不觉察，那就不值得你为她疯狂。

还有，有些女人也相当“博爱”。同时爱上两个人，这不是男人的专利。试探一下吧，不试怎会知道结果？

蔡澜　上

这一晚是不是一夜情？

一切顺其自然，别勉强。如果你的心碎了，那么把痛苦建筑在发愤学习上面，念书念到忘我的状态，是打败失恋经验的最佳方法。

蔡澜先生：

本来，对感情问题，我比较习惯自己慢慢消化，但有点儿太累了；另一方面，我又觉得以你的经验，真的可以告诉我一些我自己不知道的事情。所以，拜托你了！

我是一个在美国留学的学生，现在美国的洛杉矶念大学二年级。

我的性格比较开朗，比起其他在美留学的香港学生，更易与“洋人”相处！我在洛杉矶一个人住，住在同一层的还有一位名字叫Chris的邻居。他是位个性很好也很健谈的美国人。可能由于年纪比较接近，我们比较投机！

后来，我发觉自己喜欢上了他。因为有意无意地，我也会走到门外的走廊抽烟，看看他是否也在那里抽烟。我不喜欢隐瞒自己的感觉，于是我跟他表白了。我知道他对我的感觉不是很强，喜欢是有，只是不多！那天晚上，他跟我说了很多他自己的事。他跟我说，自从他跟上一任女朋友分手后，再也没有跟任何人有男女关系了。不是想念她，只是暂时不想有这种关系。那一晚的对话，让我更加喜欢他，因为他对我的坦诚——即使他不要我做他的女朋友。

那天之后几天便是“情人节”。“情人节”前夕我要到温哥华，在走之前，我去了他家一趟，并悄悄地在他的床上留下了情人节卡及巧克力。一个星期后我回来了。回来后的那天晚上，我在走廊遇到他，他竟跟我说他迟一点会到我家聊天。我好惊讶他会这样说，因为通常都是我到他家聊天！最终，我还是去了他家，因我有朋友在我家借宿。当夜，我们发生了关系。

前后已三天了，我没有再见过他！其实我也想念他，但也不是一定要跟他在一起才可以。现在看来，我们之间发生的可能只是“一夜情”。我清楚，我们的关系已恢复到以前，只是邻居关系，他也没有来我家问候一下。其实，在此之前他有很多机会和我发生关系，但他没有。

为什么我们只会在那一天才会发生关系？发生之后，他又为什么不前来敲门问好呢？蔡澜先生，老实告诉我，他在想什么，他对我到底有没有意思？现在他是否在逃避我呢？我真的很好奇，但我又不会问他，现只好麻烦你帮我分析一下了！

谢谢！

读者 Becky　上

Becky：

客气话不多说，单刀直入，回答你的疑问。

男人和女人睡过觉后，除非是初恋或者虐待狂，不然很少会缠着女人。

你这个男友不来找你，就算了吧。别再去烦他，在他眼里，你越烦越不值钱。

他当然对你有感觉，这一点请放心。

这一晚是不是“一夜情”？不会吧。男人很贱，感情一寂寞，情欲一高涨，便会来找你，忍不住的。

异国恋情，在你来说，没什么大不了的，我也赞同。但是有一些人的思想还没像你我这么开通。

血气方刚的男子，对像你这位来自东方的少女，怎会不想去亲近一下？

也许这位仁兄有点双性恋倾向。你信中虽然没提起，但是“洋人”正在流行这玩意呢！这是很糟糕的一回事，他们目前不爆发，日后可说不定。此类男人，远离之。

从来信看，你是一位敢于采取主动的女子，很值得敬佩。如果这个不行，就找下一个吧，不必焦急。很显然，你很喜欢他，但他却三番四次地犹豫，失去很多和你亲近的机会。这种男子大有问题，如果你当他是个爱人的话。

当一个朋友，你们却能很交心。从来信看，你也不是什么“色情狂”，既然他不来找你，就当他出了远门好了。他回来，你算是捡回一件拥有过的东西！他不回来，你当成一件心爱的物品遗失了。这种态度，才说得上是潇洒。

一个男人，为了失恋，再也不碰别的女子，是不正常的。他们最好进修道院去，别来招惹别的女子。

一切顺其自然，别勉强。如果你的心碎了，那么把痛苦建筑在发愤学习上面，念书念到忘我的状态，是打败失恋经验的最佳方法。人到了外国，便要入乡随俗，人家不把“一夜情”当成一回事，你也得依照这个游戏规则去玩。

蔡澜　上

『三角恋』以及『多角恋』

“四角恋爱”昏头昏脑

“十四岁的女孩子，懂得什么？等长大一点，自然会觉得这件事很愚蠢。”

蔡澜先生：

我是一个“与世隔绝”的人，平时不大喜欢讲话，朋友也不多。我仅仅有一位好友，她的名字叫阿云。我这次写信给你，是希望你能帮我解决一个难题。

我叫阿萍，今年十四岁，在广东省东莞市石龙镇的第二中学读书。在我的中学初期，发生了一场“四角恋”。恋中的主角有我、我的好朋友阿云、阿杰和阿军。现在的情况：我喜欢阿军，但阿军他不喜欢我，他喜欢阿云，但是阿云她不喜欢阿军，反而喜欢阿杰；但另一方面，阿杰不喜欢她，喜欢我，我却不喜欢阿杰。事情一天比一天复杂。每次见到阿军对阿云很关心时，我心里总是很不高兴，同时开始讨厌阿云。阿杰见我不高兴，就会千方百计来讨我欢心，但我总是不理会他，反而觉得他很烦。我也看得出阿云很妒忌我。

有一日，我俩为了一支笔而起了纷争。事后，我纠结应不应该向她道歉。这件事根本不是因为一支笔，而是因为互相讨厌对方。想着想着，我决定不去向她道歉，同时我也要求自己不要再理阿军。但是话虽如此，我却无法不想他，无论他的行动、神态、语言等我都一一注意着，我发觉自己很喜欢他。没了他，我连生存的意义都没有。蔡澜先生，我应怎么办?

祝工作顺利!

袁艳萍　上

袁艳萍小妹妹：

老实说，你这封阿云爱阿杰爱阿军爱阿萍的信，读来读去，让我昏头昏脑。

我们现在在日本仙台拍戏，在我一旁的袁咏仪把信抢来看。她说，她和你一样姓袁，又是东莞老乡，由她解答好了。

结果，她也是看得摸不着头脑。

大家说："十四岁的女孩子，懂得什么？等长大一点，自然会觉得这件事很愚蠢。"

我倒不认为这是好答案，因为我在十四岁时，不管大人怎样说，我就是不服气。所以，我同情你的遭遇，让我换一个方式尽量为你开解吧！

你们四个人应该坐下来，坦诚地把问题拿出来讨论。别再猜疑谁爱谁，谁不爱谁。总之，说出来，总比闷在心里好，你说是吗？

话容易说，做起来真难，但也是有办法的。

由你提出，玩一个在外国非常新鲜、非常好玩的游戏：在一小时之内，一定要说真心话。

规则是每一个人可以提出三个问题，提出问题之后再也不放在心里。说对也好，说错也罢。

不赞成的，已经是老油条，再也没资格做年轻人；说谎话的，是自己污辱了自己的人格。

你说：“我们四个人有缘分在一起，非常难得。再大一点，我们会各奔东西，也许再也没有机会见面，更何况是和对方说真话呢！”

你将发现，问题问过，实话回答过，大家又在一起互相辩论，一小时、两小时、三小时很快地就过去了。最后，大家开门见山，心中积怨消除，能成好朋友就成好朋友，不然互相说声“拜拜”。这场“四角恋”或许会化成一个爱情的团圆，皆大欢喜。

祝你快乐！

蔡澜　上

一个晚上的温柔，也可以打倒数十年的婚姻

爱过一场，应该满足。一年多的感情，很可能敌不过二十多天的爱。有时，一个晚上的温柔，也可以打倒数十年的婚姻。

亲爱的蔡先生：

你好！希望你不会嫌我的信太长。我今年二十岁，谈过数次恋爱，可惜每次都遇人不淑，伤得死去活来。一年多前，我遇上他，当时他已有一个女朋友（相恋仅两星期）在美国。但我从没阻止他们以电话、书信来往，并协议我们的关系到他女友回港便终止。

后来，我和他一起搬到他爸爸的家一起住。每天下班回家，我既要打理家务又要照顾他们父子俩。其后，我们另觅新居搬走了。

虽然感情越来越好，但我心中始终有刺，因为他的女朋友快要回港了。有次吵架后他写信给他的女朋友，叫她不要回来，并要和她分手，但我却做了一件大蠢事——把信撕掉了。因我实在不忍心这样对他的女朋友，而且我觉得不应因吵架而迫他做出决定，怕他日后会后悔。

上个月，他女朋友回港，并搬进他爸爸家。他叫我等他两个星期，他会和她分手。我当时想，逼他在这个时候作选择是愚蠢的，倒不如等两个星期完结后再打算。就在这期间，他爸爸突然造访，美其名曰是探望我（因那时我曾因病住了两天院），实则是来说难听话，说他的儿子回来后便会和我分手。我向他爸爸表示，在他的儿子未回来之前，我不会作任何决定。他见我立场坚定，便叫我不要和他儿子说他来过找我。临走他抛下一句：“有些事你要明白，你以往这么辛苦做饭，也要我喜欢吃才行。”从那时开始，我对他爸爸有点反感。

后来，他回来了，告知我他的女朋友想先和他注册结婚，帮他申请签证。他说想出去闯一下。坦白说，像他这样只有初中学历，英文也不会几句的人，去美国生活只能比现在还差。再说，他现在考虑去，即表示他暂时也不会放弃和那个女人的感情。难道一年多的感情真的敌不过那二十多天和一个居留权吗？希望你给我一些意见。

祝生活愉快！

D　敬上

D：

你的信不太长，太短的信，反而让人难以回答。

游戏是有规则的。你在二十岁恋爱、同居、搬到男友家中去住，但未结婚，还是属于游戏。

你们已经协议好，关系到男友的旧情人返港终止。那么，只有遵守。

问题在于你玩不起，撕掉人家的信，还和他不断吵架。如果我是那男的，也会放弃你的。

爱过一场，应该满足。你如果坚持等他回心转意，那你便是天下最大的蠢人。你才二十岁，你在信上说，遇见这个男人之前已谈过几个朋友，那么再来一次，又有什么了不起？你现在怨恨的不是他离开你，而是你自己觉得不甘心。这证明你爱自己多过爱他。

许多男人，就算结婚二十多年，遇到旧爱，还是照样会和老婆离婚。男人生性很贱，得不到的东西最好，在身边的反而不值钱。其实这种行为，女人也有，应该说所有人类都有这种毛病。等到学会珍惜伴侣的感情，才算做人做得“毕业”。之前，他不是人，只是一只会用双脚走路的动物。我相信即便你嫁了这个男友，也不会幸福，你只能满足他的性需要，只能满足他爸爸的家务需要。这个人的父亲相当无耻，没有尊重你，只把你当成女佣。到医院去，当面说你的坏话，看你不听，他还心虚地叫你不要跟他儿子讲。有这种父亲的男人，做儿子的也不会好到哪里去。

一年多的感情，很可能敌不过二十多天的爱。有时，一个晚上的温柔，也可以打倒数十年的婚姻。这个男人只有初中文化程度，英文也讲得不好，有什么值得你去牺牲？

斩钉截铁，一刀两断，拿得起放得下。算了，让他去吧！重新开始，想要你这位又能做饭又充满爱心的好孩子的人，多得是。

蔡澜　上

我爱她，她爱他

等待，是一种感觉，现在试试也好。要是你接受的话，就一直等下去；如果感觉太痛苦了，就向她表白。

蔡澜先生：

我是一个十六岁的少年，但我已第二次踏进“三角恋”。

我的第一次恋爱是在一年前。一开始，我满怀信心，但我们在一起不到两个多月便有“第三者”介入。这“第三者”是我的好友，到最后我成了“牺牲者”。那是我一生中的最低潮，而且开始对自己产生怀疑。是不是自己真的那么差劲儿？自己的自信心也开始动摇。那时，我好像失去了人生的方向。到最后，我也学会了接受现实，只有认命。

在渐渐恢复自信心的时候，我又遇到一个我喜欢的人。当我刚想行动的时候，我收了一个消息：那个我喜欢的人爱上了我的好友。不久，他们便在一起了。我知道我的好友不是很喜欢她，我当时也不知如何对她说，直到最后我也没有说。他们在一起大约一个月，我的好友便跟她分手了。好友说他只是一时冲动罢了。他们分手后，我和她做了朋友，有时也会一起上街。

不久，我得到一个坏消息：她还是喜欢我的好友。我真是不知该怎样。我的好友多次拒绝她，但她还是喜欢他。虽然有许多人劝她，她还是坚持，大家拿她没办法。她有时也会和我说她的烦恼和心事，什么都说。虽然我相信她和我已是好朋友，但我却不敢做出追求她的行动，因为我还是害怕她喜欢的是我的好友而不是我。我真的想知道，她对我有没有好感？我和她有没有可能？我怎么做她才会对我的好朋友死心？我是否很没用？我该怎样才好？蔡澜先生，救救我吧。非常感谢！

祝好！

大雄　上

大雄：

初恋失败时所受的挫折，是你人生第一次的经验，当然会感到消沉。

失败的次数越来越多，便麻木了，也就知道该怎样去克服它，这是人变聪明的过程。

人生失败的例子多，成功的少。

一帆风顺的人，最后才遇到失败，结果会很惨的，他们不知道怎样去应对。你在十六岁时已经历过失败，算是好命。

你的第二次经验比较复杂。你明明知道好友不喜欢这个女孩，却没有出声阻止，这件事做得很对。因为你一旦开口，她就会以为你在破坏他们的感情。

这女孩对你是有点好感的，不然怎么会在你身上浪费时间？

你和她有可能。这要看你怎样去争取到她的爱了。简单直接的方法当然是问她，但你怕这一问，反而会失去她，所以你觉得很痛苦。

好了，你要把痛苦的分量和不再见她的分量摆在天秤上，选择其中之一。

等待，是一种感觉，你现在试试也好。要是你接受的话，就一直等下去；如果感觉太痛苦了，就向她表白。有没有可能，全靠你这一问。不问的话，可能永远没有可能。

你如果不敢问，答案是：是的，你很没用。

无论你怎么做，她对你的好友都不会死心的，就算她以后嫁给你，她也会一生一世想念这个男人，这是没有办法解决的事。你接受还是不接受，这才是问题。

不想失败，不想受苦？

再容易不过了。去多交几个新的女友，把这个忘不了旧情人的女子一脚踢开。这么做，也许她反而会更爱你。

你不需要我来救你。时间会给你很大帮助，到时你自己救自己吧。

祝好！

蔡澜　上

追你的人有女友，不等于你就是“第三者”

你的伤口治不好只是你的借口，你内心不想痊愈，那就请你继续流血吧。

蔡澜先生：

我是一个二十多岁的少女，到现在为止，只交往过几个男生，至今未找到一个相爱的伴侣。

我自问相貌不差，虽不是惊为天人，但总算是“讨好”的。身边男性朋友很多，很可惜他们只当我是“兄弟”。我不喜欢的男生时常在我身边徘徊，我喜欢的男生却跟我保持距离。我每天都问自己，是我的问题还是他们的问题？为什么会弄到今日这般境地？

当遇到比较有好感的男孩子时，我总是害怕让他们知道。有时他们对我好，我却总想抽身看清楚，然后告诉自己他们只是我的普通朋友。这样究竟对不对?

更可悲的是，我爱的人或是想追求我的人，全是有女朋友的。在我的立场，我不会做“第三者”。你可以说我保守、古板，但我相信因果报应。今天我做了“第三者”，明天亦会有另外一个人做我们的“第三者”，所以我坚决不做这样的事。

事实上，因为活在“古板”的世界中，我变得情绪失控。我会为听到我爱的男孩子的声音而快乐，亦会为他不找我而苦恼，长此以往，我就要崩溃了。

你时常说，多认识新的人，便会忘了旧的。我照你说的做了，但未能如愿。你又说，时间会治愈伤口，但过了三四年，我的伤口仍未痊愈。蔡先生，请问我应该怎样做才好?怎样去面对着一个自己爱的人?怎样才叫爱一个人呢?还有，对有女朋友的追求者，我的态度应该怎样呢?

祝好!

Linda　上

Linda：

你身边的人当你是“兄弟”，可能是你的相貌虽然不差，但是缺少女人味道。男人们看到娇媚的女子，怎么会称兄道弟？即刻追求还来不及。

这世界就是这样，想得到的得不到，不想得到的随手拈。大家都是一样的，你也不是例外，所以也不必太过自怨自艾。

造成你今天窘境的，是你自己想不开。想不开的人，一生一世都没有救的。如果你还那么顽固，这封信就别再看下去了。

遇上比较有好感的男子，就应该投入地将感情发展下去。你那么抽身出来不是想看清楚，而是在逃避，当然是不对啦。当每一个喜欢你的男人都是普通朋友，你已经有资格去做修女了。

追求你的人都有女朋友，这不等于你是“第三者”；他们都有老婆，你才是“第三者”。

好男人哪会没有多个女朋友的？看你抢不抢得到罢了。他们尚未结婚，你就要全力去追他们。甚至，他们已经结婚，也不等于他们都是快乐的。

共同爱一个男人，是另外一种想法。

婚姻是一种制度，也是一种想法。

这个制度以前允许男人有三四个或更多的老婆。现在制度改了，只准有一个，这才出现“第三者”的名称。否则，第一老婆、第二老婆和第三老婆，再加上男人，四个人凑成一桌麻将，还不是其乐融融吗？

每一个人的个案都不同，多认识新的，会忘记旧的，属于大多数，你可能是特别的例子。所以，你的伤口治不好只是你的借口，你内心不想痊愈，那就请你继续流血吧。

值得吗？那就要你自己衡量了。

对有女朋友的追求者，态度应该自然、友善和开朗。你才二十岁，就怕当老姑婆了。哈哈哈，让人笑掉牙齿。

依你那种扭扭捏捏的个性，我担心，你也许会真的变成老姑婆。快改掉吧。

祝好！

蔡澜　上

失去处女身，是否大事一件？

已经发生的事，太过责备自己一点用处也没有。如果你沮丧，更是罪过，应该把悲愤化成力量，创造美好的将来。

蔡澜先生：

你好。最近有一事困扰我，希望你能替我解疑！谢谢！

我今年十八岁，我有两个男朋友。一个是同班同学Sam，比我小半岁；另一个是在偶然机会下认识的Ken，比我年长一岁。

我和Sam相恋一年，他待我十分好，简直无微不至、无懈可击，唯一缺点是他太艺术家脾气，外形亦乏善可陈。他是一个很可怜且倒霉的人，因他遇到了花心的我。跟他相恋期间，只有约半个月的时间我是完全属于他的。换句话说，我一直背着他跟别的男人在一起。对这一点，我也很内疚。

Ken是在我和Sam“冷战”时介入的，我和他才相恋三个月。他外表出众，对我也很关心、细心。但他也有缺点，他曾经是个“小混混”且学历不高，没什么前途。我没为此而嫌弃他，因他对我确实很好，渐渐地，我也开始喜欢他。

原本，让我从Sam及Ken之间二选一，已是一件很为难的事，但最近的发展让局面更复杂了：我跟Ken发生了关系。我原是一个很有原则的人，我曾立定心意把第一次给未来老公；但在一次半推半就下，我竟给了Ken。我很后悔，真的，我觉得对不起Sam，也对不起未来的丈夫。而且，我才这样年轻，一刹那间却变得和别的同学不同，我竟不是处女了！我觉得很惭愧，内心更充满了不安和恐惧，很想逃避Sam和Ken！

我真的很笨，那回事并非美妙，很痛很痛，为何我竟给了他？

如今的我，矛盾得很。跟Sam一起，会挂念Ken，不想见Sam；跟Ken一起，却想念Sam，不欲见Ken。二人之间，不知该怎样选择。Ken是我第一个男人；我或许不该离开Sam，他的确很好，且我俩感情也很深厚！

蔡先生，恳求你教我如何选择，为此事我真的很烦。请你替我想想办法吧！

谢谢！祝安好！

渴望仍是少女的Tequila　上

渴望仍是少女的 Tequila：

我应该怎么说才好？失去处女身，是否是一件大事？说不是也对，现代少女根本不在乎；说是也对，每位父母，都不希望女儿一早失身。我只是个旁观者，如果劝你别把这回事看得太重，一定会被家长们骂死；如果教你守着宝贵的贞操，又觉跟不上时代，非常迂腐。

应该是以你本身的价值观来看才对。你认为天塌下来就是天塌下来了。我只能说，已经发生的事，太过责备自己，一点用处也没有。如果你沮丧，更是罪过，应该把悲愤化成力量，创造美好的将来。这么说，也会被人骂。这种话，说起来容易，但事实上根本解决不了问题。

你恳求我教你选择。好，我教你。你得答应我好好地想一想我的答案。

答案是：两个都不要。

若是条件许可的话，最好的选择是去国外念书。不然，求家人为你转校，这两个男人的电话都不要接，把他们当成死人，过一阵子，烦恼自动消失。少女的爱是健忘的。

至于你那块处女膜，是可以修补的。整容医院有这一科，并不是很贵。你要是那么看重，就去动这个手术，简单得很。

阿 Ken 和你，没性经验的知识，才会搞到很痛。

第一个男人总是毕生难忘的，女人这么说。但我也曾经听成熟的女子说过：“对方长得是怎么一个样子，已无印象。”

虽然你已失身，但在生理上并不代表你已成长，你和别的同学应该没有不同，只是你的心理在作怪罢了。如果你渴望还是少女，那么当自己还是少女。失去的那块膜，和被割掉的盲肠一样，不会影响你的一生。

不安和沮丧不能解决问题，重新开始吧！等你遇到一个更好、更成熟的男子，你会发现那回事不像你经历得那般只有痛苦。

蔡澜　上

爱情不是买卖，何来先到先得

爱情又不是买卖，哪里有先到先得这一回事？就算是交易，改合同的例子也多得是。

蔡澜先生：

你好！

我是一个十七岁的女生，大约半年前，我辍了学。只读到高中一年级的我，找了一份文职的工作，工作上颇顺利，没有太大的困难。可能就是空闲的时间太多吧，我暗恋上一位男同事阿志。他人品不错，外形也很讨好，对我而言，他可说是我的“梦中情人”。可是我天生害羞，始终不敢主动表白；同一时间，竟然有另一位男同事阿杰对我展开追求。

不知是不是“瘦田没人耕，耕开有人争”，就在这个时候，我朝思暮想的阿志竟也表示对我有意思，这样可使我烦恼透了！恋爱经验绝少的我，实在不知道爱情是不是应该“先到先得”。理论上，阿杰先向我表白，我是应该接受他才对呀！但实际上，我是喜欢阿志多一点。

最后，我选了较平凡的阿杰。原因有很多，有人说阿志花心，更有说他喜欢玩弄女孩子！不过最大原因是，我觉得自己根本配不上阿志。可能是我悲观或者自卑？我又不算美，家里又没有多少钱，阿志怎会看上我？

之后，我与阿杰进展得也颇为顺利，可能是那种“感情可以培养”的人吧！我与阿志也维持着普通朋友的关系，安然地过了一个月。一个月后，阿杰竟然要我跟他……就算我思想再开放，我只跟他交往了一个月，怎可以这么快？他虽然有微词，也没有太大的反应。这次后，他又要求过几次，都没有成功。之后，他对我就越来越冷淡，终于以分手收场！

这段感情只维持了两个月。与阿杰分手之后，我真的很不开心。两个多月来，他对我是真的好，没想到结局会是这样！不过伤心归伤心，我对阿志的爱意死灰复燃。这次的暗恋，我更加不敢开口，只好默默等待。可惜事与愿违，不到一个星期，阿志竟然与我的一位女友走在一起！我真的失望、心灰意冷，却要在别人面前强颜欢笑，装作为朋友找到理想情人而高兴。这种压力简直令人发疯！终于，我离开了那家公司，另觅出路。

事隔四个月，我对阿志、阿杰依然念念不忘，他俩的存在，使我内心接受不了其他异性！对追求者，我也视若无睹，心里只挂念着他们。我明知自己不能一辈子都这样，却改变不了自己！蔡澜先生，你救救我好不好？

最后，多谢你看完我的信。有一个人可分担我的心事，这种感觉真的很好。就此搁笔。

祝愉快！

乐儿 Joyce　上

乐儿：

你的来信读到一半的时候，我不禁要喊出声来：你梦寐以求的阿志来追求你，同时对“先到先得”的阿杰不知怎样交代，为什么不两者都一齐恋爱呢？

你还没嫁，有权利那么做呀。

爱情又不是买卖，哪里有先到先得这一回事？就算是交易，改合同的例子也多的是。

不过，现在阿志没了，阿杰也没了，你后悔也没用。你最大的错误，是对交新朋友一点兴趣也没有。

过去的就算了吧，将来才重要。天下还有很多比阿志或阿杰更好的男子。你不去尝试，怎么会知道？你如果死守这两人，却又得不到，那么注定一生要做老姑婆。

阿杰和你交往了一个月，就要求你和他发生关系，这至少与当晚就要跟你上床的男人好得多，并没有多过分，问题在于你对他爱得深不深。

很显然，你没有心理准备，所以不给他，这也自然，决定权在你，拒绝的权利也在你。别人有所需要，要求的权利在他。你们互相不欠对方什么。

你说，你改变不了自己，那就改变不了吧。但是，我们都知道，时间会化作另外一个动物，你慢慢去醒悟吧。

家里没钱，又不算美，这都不是问题。我替你算一算：阿志、阿杰还有新公司的同事，都在追求你，你已经属于活得多姿多彩的了。

我不知道怎么救你，你对自己失去信心，谁都救不了你。

做人乐观一点、开心一点吧。为了区区两个男人就那么烦恼，今后怎么做得了更大的决定？

你说你的心情刚好和名字相反，别这么想。名字的确会影响到一个人，我有一个朋友叫陈权，整天希望拥有权力。希望你每日快乐。

祝好！

蔡澜　上

恋爱的阻力、困难与迷茫

爱情像吃维生素丸

爱情不是人生的一切，但是它可以滋润人生，像吃维生素丸一样：不吃不会死人，但吃了可以让你更强壮。

蔡澜先生：

你好，本人很喜欢看你的散文，每次看都很有感觉。我有很多话想找人倾诉，但身边却全是些不值得信赖的“好朋友”，唯有写信给自己欣赏的人——蔡澜先生您。

自从四年前第一次恋爱失败，我便没有再恋爱，不是忘不了那个他，而是一直未遇到合适的人。第一次的爱情经验给我留下了心理阴影。现在我已认定，这世上没有天长地久的爱情，甚至根本没有爱情。“爱情”这字眼只是人们虚构出来的罢了。大家不是在寻找爱侣，而是在找一个“伴侣”罢了。

明明已经认清游戏规则，但到头来竟发现自己仍未死心，依然继续寻找，妄想找一个真正了解我、关心我、爱我的人（父母？）。可能从小看了太多的爱情小说，总幻想着轰轰烈烈的爱情。小时候真的以为，爱情就是人生的一切！

也许就是这种自相矛盾的性格（心态），使我内心更觉寂寞且情绪不稳。一方面，好像自己对爱情已看透；另一方面，又希望白马王子出现。当别人向我表达爱意时，我又觉得他可能不是真的爱我。我常常觉得，这世上除自己父母外便没有人值得相信，最亲密的人也会出卖你，但我真的好想好想找一个人给我依靠……

我实在很心急找一个这样的人，却又好像不再懂得去爱人，怎么办？虽说自己年纪尚轻，不必太着急，但我相信每个女孩子都害怕在年轻时没有男朋友吧！

蔡澜先生，我很痛苦，救救我吧！我也不晓得以上文字能否明确表达我的想法，如果你看不明白就把我这封信扔进废纸篓吧！我仍然希望你能帮助我，再见！

二十岁的人　上

二十岁的人：

谢谢你的“感觉”及欣赏。

言归正传，回答你的问题。

四年前，你才十六岁，恋爱失败是理所当然的事。如果每个十六岁的人都能恋爱成功，那天下就太平了。

有千千万万的少女与你走在同一条路上，你不是第一个，这一点总是值得安慰吧！但她们非但没蒙上阴影，还再接再厉呢！你的例子比较特别，但也不足以证明你对爱情已失去抗菌能力或免疫能力，只是机缘未到罢了。这世上，也许没有天长地久的爱情，但是数年或数十年的爱情还是存在的。甚至，一个晚上也可能产生爱情，不能说完全没有爱情。

起初，大家寻找的一定是“爱侣”，后来才渐渐变成“伴侣”。

你才恋爱过一次，就了解游戏规则了吗？游戏规则是千变万化的，每一对男女都有不同的准则。你已不需要规则了，你可以创造自己的规则。继续寻找爱情的态度是对的。你也不可能放弃一切当尼姑去，况且你还没功力可以做尼姑。

爱情不是人生的一切，但是它可以滋润人生，像吃维生素丸一样：不吃不会死人，但吃了可以让你更强壮。你的矛盾心态很正常，但这是急不来的。令你爱得轰轰烈烈的情人一定会出现，只是时间未到。

如果你相貌姣好，那么这个人会出现得早一些；如果自觉相貌普通的话，可以在学问、知识、幽默感上下些功夫，这都是吸引男人的因素。如果什么都不太出色，自己又不努力，情人一定会迟些出现，也许等到中年也没有下文。

别痛苦，做人积极一点，你可以去运动、去学陶艺，散发你的青春魅力。很多男子都抵挡不了这样的女孩子。

我不能救你，你自己救自己吧！

蔡澜　上

做人放松点、庸俗点，烦恼便会消失

如果每一段感情都要以结婚生子为目的，那是很讨厌的纠缠。我们已生活在一个“是不是处女没有关系”的年代，结婚以前的正常性行为不必有精神负担。

蔡澜：

你好！

本人谈过几次恋爱，结局有对方提出分手、不了了之的，也有我提出分手的，每一段感情的结束都令我很伤心。因工作关系，我现在常常在内地和香港间往返，有一位内地同事向我表达爱意，让我有点手足无措。

他年龄比我小。虽然年龄不是问题，但大家的生活习惯、文化背景、成长环境都不同，相信很难真正了解对方。其实，在这段时间，我们只是出去吃过两三次饭，但谣言已散播至全公司，让我有点尴尬。假若我们真的在谈恋爱也没有问题，但现在我们并没有到此地步，而且我已向他表明“我不接受，也不拒绝”的态度。无疑，他是我在内地遇到的同事中较有好感的一位。我也真切感受到内地同事的思想是如此开放。

其实，我非常渴望别人的拥抱、牵手。由于自幼没有被爱的感觉，现在的我很希望对方是一个非常非常疼我的人，我是否应接受他呢？我不想伤害他。虽然他不介意我大他四岁，但是始终有其他问题存在，请帮我指点迷津。

虽然他曾经吻过我，但我原谅了他的冲动。毕竟，他之后再没有这般对我了，或者我只是很想有那种感觉。

谢谢。

舒枫　上

舒枫：

对你的感情困惑我十分理解！

性爱并不是男人才有的欲望，女人同样有权利去享受。

时至今日，有些人还是有思想缚束，以为要相爱而结婚才能做这些事，真是太迂腐了！

你的例子当然不单是性的问题。你寂寞，你需要男人抱抱，这是非常正常的。不正常的是你没有勇气。

吃过两三次饭就向你示爱，这不算是太过分的事吧！这绝对不是内地同事思想开放，而是香港女人太过保守。

一见钟情这回事自古以来一直在发生，只是人们不够胆量，很少有人用语言和行动表现出来罢了！

男女都有权提出，也有权拒绝！

你的疑虑太多！你很介意全公司传出来的谣言，怕自己没有做却被人家冤枉。那么，既然大家已那么说了，就干脆去做吧，不然白白遭了冤枉。

不要想到结婚生子那么遥远，先和对方讲明，别伤他的心。要是他不接受，即刻放弃。如果对方答应，那么尽管让他有进一步的要求好了！事前做好预防措施，对彼此身心都有益处。

他已吻过你，而你也“很想有那种感觉”，那么还犹豫什么呢？

按你来信的形容，这位男孩子并不是一个理想的结婚对象，你们这段感情很难有什么圆满的结果。但是，如果每一段感情都要以结婚生子为目的，那是很讨厌的纠缠。

我们已生活在一个“是不是处女没有关系”的年代，结婚以前的正常性行为不必有精神负担。每个人都想拥有幸福的婚姻，但这是可遇不可求的事。在还未遇到那个对的人之前，受到各种世俗观念影响，这也不敢，那也不敢，一辈子只有等等等，就那么等下去，很可能等成一个大大的老姑婆！

做人放松点、看开点、分清楚点、庸俗点、豁达点，烦恼便会消失。

祝好！

蔡澜　上

何必烦恼，情人的妹妹会吃醋

任何情人的妹妹都会吃醋，情人的妈妈也会吃醋。自己的亲人被别的女子“抢”走了，心中总是酸溜溜的。

蔡澜先生：

我和男友 Ricky 已相恋五年，感情有增无减，但偶尔会为他妹妹的事而吵闹。他妹妹今年二十七岁，性格和行为举止却像十六七岁。由于她没有男朋友，因此每逢假日她都会做我们的“电灯泡”，使我非常不快。令我更不满的是，我和男友讲任何话，她都会转述给她母亲听。比如，我和男友去山顶庆祝情人节，花了一千多元吃晚饭，花费多了一点。他的妹妹听到后很快就告诉其母亲。这些事情都让我非常不满。我曾向男友抱怨，他只会说：“有什么办法？可以抛下她一个人吗？”有时，我会想一些方法避开她，但并不是每次都能成功。先生，请你救救我们！

另外，男友时常问我，如果他跟其他一两个女生交往一下，但内心依然爱我，我是否会介意。如果我不准他这样做，怕他会说我“专制”，使他受束缚；如果我说不介意，又害怕他假戏真做。虽然他曾发誓，他一生只爱我一人。请问先生，我应如何答他这个问题！

祝好！

被救人　上

被救人：

哗！相恋五年，感情有增无减，恭喜你。这年头，算是很难得的事。

既然感情那么好，何必为他妹妹的事而烦恼呢？你要嫁的是他，不是他妹，更不是他妈妈。

任何情人的妹妹都会吃醋，他妈妈也会吃醋。自己的亲人被别的女子“抢”走了，心中总是酸溜溜的。

有一种很实用的态度，那就是把对方看成透明的。看她们的时候，她们的身体阻挡不住你的视线，只看到她们背后的东西。你越介意她们的存在，她们越来骚扰你。她们活在这地球的目的，就是来破坏你。

你最好一直保持悠闲的态度，脸上是笑眯眯的表情，无论男友的妈妈怎么骂你，都送给她同样的表情。

这时，男友的母亲可能有以下三种反应：第一，这个女子是白痴；第二，她葫芦里面到底在卖什么药？第三，她一定在笑我们在欺负她，不过她有很大的度量，她是一个了不起的人。

至于那个二十七岁还没有男朋友的妹妹，一定是荷尔蒙失调！你要尽快给她介绍一个男人。她有了谈话对象，自然不会再当你们的“电灯泡”了。

如果你想复仇，就等到她去约会时，你也跟着去，做她的“电灯泡”。

你不必避开她，越想避开，她越要跟来。冷静下来做出反击，每一次和你男友去逛街，先打个电话请她一起来。

男友的妹妹也可能有三种反应：第一，你对她那么好，有什么目的？第二，你善待她，她会感到惭愧；第三，你这个人有利用价值，每次都给她介绍新的男朋友，要好好地巴结你才对。

男友想认识多几个女生玩玩，就大方地让他去玩吧！接着你也提一个要求：自己也和别的男生约会。你同样答应他一直爱他，向天发誓说他是你唯一的男人。大家平等了，看他有什么话可说。

你说感情“有增无减”，但是我觉得已经在减了，好自为之吧！

祝好！

蔡澜　上

爱情不能一厢情愿

人都怕老，但总得接受现实。三十岁就三十岁吧，每个阶段都有美丽之处。有些女人到了三四十岁才散发出无限的魅力，她们的思想成熟，行为高贵，并非十七八岁的“黄毛丫头”可比。

蔡澜先生：

您好！

我早就想跟您一吐我心中的苦水（也许是怒气吧），但是由于心情一直不能平静，久久不能写出来。

我是一个快要三十岁的人了，但是感情上却简单得如一张白纸。

我是一个不善交际的人，因此自己去找男朋友不是一件容易的事。不久前，在一个好心人的帮助下，我认识了一个家住九龙的男孩，他与我同龄。第一次见面，他给我的感觉非常好，之后又接触了一次，电话也通了几次，感觉相处得不错。我以一颗真诚的心对他，把他当作自己的男朋友。接下来的日子，我觉得好兴奋，有一种沾沾自喜的感觉。

但是前天，那位好心人告诉我，此事已告吹。我内心不敢相信，表面却装出一副无所谓的态度，但不争气的眼泪却在眼中打转。我好喜欢他，想给他打电话问个明白，但是没有这个勇气。

蔡澜先生，我该怎么做呢？我好想挽救这一段感情。请你告诉我，我该如何做？

祝好！

Amy 上

Amy：

读来信，可想象到你是一个很内向的人。

把朋友形容成“家住九龙”的男孩，非常好笑。香港那么小，却被你形容成家住九龙或家住新界，看来你连香港岛都不会踏出一步。

这样怎能交到更多朋友呢？拓宽不了自己的生活圈子，那只有痴痴地等一个男朋友从天上掉下来。

就那么巧。这时有好心人出现，帮助你认识了这个“家住九龙”的男孩，当然一拍即合。

与这个男孩的发展无疾而终，不会是没有理由的。答案很简单：你无法吸引他。他不觉得你是一个很理想的对象，这是我的直觉。

你还不能改变自己的话，那么就“打破砂锅问到底”，给他打个电话，算是了结一件事，给自己一个交代。

不过，依你的个性，你是不会那么做的，这多丢脸！是不是？那也表现出你对这份感情并不像你说的那般强烈，否则还顾什么面子不面子的。

算了吧！放弃这段你自己所谓的“情”吧！如果还有那么一点点的希望，他会自动找上门来的。大家只接触了两次，通了几次电话，你就把对方当成了男朋友，太过一厢情愿了。

人都怕老，但是也得接受现实。三十岁就三十岁吧，每个阶段都有美丽之处。有些女人到了三四十岁才散发出无限的魅力，她们的思想成熟，行为高贵，并非十七八岁的“黄毛丫头”可以比的。

感情是白纸就是白纸吧！可以去做一些较有意义的事，比如插花、玩陶艺、养猫等，还可以做一些毫无意义的事情，像看电视、读漫画、自己解闷等。

别老是挂念着一定要恋爱，一定要找到白马王子。他们要来的话，你要挡也挡不住。勉强找一个，比孤独的老太太还要痛苦一百倍、一千倍、一万倍。

祝好！

蔡澜　上

我有七段情

你快二十八岁了，一共有过七段感情，这实在是太少了。旧的不去，新的不来，哪说得上创伤呢？应该说幸运才对。

蔡澜先生：

小弟即将二十八岁，多年来，在小弟身上一共发生过七段感情。远的不提，就谈谈最近两个失败的例子吧！

两年前，我和相恋五年的女友分手。那时，我生意失败，再加上家中一位亲人刚去世，打击实在不小，甚至想一死了之。不知是胆小还是幸运，最后，我还是打消了这个念头。

我真的不明白，一个与你共同生活了五年的人，可以一下子说变就变，可能她实在没法等下去吧……

整整一年，我的感情生活处于空白。去年年尾，我认识了一位年仅二十岁的女孩。可能是孤单得太久了，我们很快就打得火热。可惜只过了短短四个月，我们就因为性格不合宣布分手了。失落?总有一点吧！难过是一定会有的。

不是我“卖花赞花香”，如果要我形容自己的为人，我可以这样说：工作认真、投入，对感情专一，感性，有道义，有理想且带点孩子气。这些在别人眼中的优点，在她眼中全是缺点。她认为做人应该不择手段、心狠手辣，这样才会成功。虽然我不赞同她的理论，但当你喜欢一个人时，已没有什么理性可言。

她性格好动，可以通宵达旦地玩，而我偏内向。她说自己以前是个坏女孩，因感情受过打击才会性情大变。可惜，我无法改变她的想法，成为她与以前那个“他”之间的牺牲品。

我很不甘心。我有一颗善良之心，这是否很老套，很不合时宜呢?是否人的价值观改变得太快而我根本无所适从呢?

我觉得很迷惘。一方面，我坚持认为自己的人生观是正确的；另一方面，我又很怀疑自己的想法有没有出错，我是否应该在性格上做出改变呢?对感情的态度又是否要和以往一样?

这些问题时常在我脑海中浮现。坦白地说，这两个女孩对我的影响实在太大了。我首次觉得人生、感情前路茫茫，一连串的问题将我带进了死胡同。快踏进人生的第二十八个年头了，我害怕自己输不起，我更害怕从此会对爱情失去信心。久闻先生博学多才，今天大胆地向先生请教，希望可以讨得一招半式摆脱烦恼。

一个注定在人生、感情路上失败的人M仔　上

M 仔：

你快二十八岁了，总共有过七段感情，这实在是太少了。

就算你是二十岁才交女朋友，平均不到一年一个，哪称得上是“风流快活”呢？你的朋友对你太过仁慈。

女朋友走掉，你就想自杀，太懦弱了吧！这是那些无知小女孩的想法，你这个大男人也要去“抢饭碗”，羞羞！

哈哈！你怎么会不明白，一个相处五年的女人会与你分开？有些结婚五十年的老太太，也会提出离婚。五年，算得了什么？

说变就变，那是人类的天性！若你自己的选择够多的话，其中一位女友也会骂你说变就变的。你的问题在于，一个接一个，而不是几个同时来，所以对“说变就变”这件事大惊小怪。

好的女人，分开一个晚上就会觉得失落，何况是你这位交往了四个月的女友呢！

人是依自己的性格走自己的路。科学研究表明，性格与遗传基因有紧密关系。这也暗合俗语所说的“三岁定终生”。

她要改变你，没那么容易。两个人因个性不合而分开，很普遍嘛！但是，你以后将会发觉，也有很多男女是因个性不合而结合的，个性太相同的，会互相残杀。

你把自己形容为“工作认真、投入，感情专一，感性，有道义，有理想且带点孩子气”，这还不是“卖花赞花香”吗？羞羞！但我自己也和你很相像，我也是不怕羞的。旧的不去，新的不来，哪说得上创伤呢？应该说幸福才对。

放心吧！你不会变成老处男的。才经过七个女人而已，就那么没志气吗？她们一定会不断地出现的，看你能否抓住机会！不然，怎会有“身经百战”这么一句成语？

你说你事业有成，但感情空白，那不过是暂时的。成功的人士哪会没女人？香港的李先生、澳门的何先生，他们如果想要女人的话，女士们会从尖沙咀排队到清水湾，而且还会挤得掉进海里呢！

蔡澜　上

好女人，是不会变老的

一生没有让人那么“纵”过，这是一种经验，尽情去享受好了。

蔡澜先生：

我今年十七岁。三个月前，我结识了他。起初，我们只是普通朋友关系，但不得不信服的是，大部分的男女关系都是由“朋友”开始的。他今年三十一岁，离了婚，有一个五岁大的儿子。起初，他误以为我已二十二三岁了（因为我样子较沧桑）。我怕他介意，故一直隐瞒着真实年龄。后来他猜了又猜，最后推断我有十九岁，我亦顺水推舟说是。

如今，我发觉自己动了真感情。他待我真的很好，每次上街均管接管送。他知道我不喜欢坐宝马，便在上星期换了一部奔驰车；每次我想吃什么，他立刻买给我吃；每次上街他总是问我有什么要买。后来，他了解到我不喜欢在男人面前买衣服，便给我钱，让我和朋友去买。老实说，他十分“纵”我。我想，女人一生，无非是希望有一个男人来疼惜自己吧！

前几天，我与他发生了关系。事后，他问我：“你还有什么事隐瞒着我呢？”我开玩笑地说，我身上任何一处他都见过，还有什么可隐瞒？他便一口接上来：“譬如年纪啦！”我只是笑而不答。到这个地步，我是否应坦白地告诉他我只有十七岁？

一天，他惊慌无措地问我，能不能等他两三年。我问他等什么，他不言，只是微笑，我才明白到等的是——结婚。他接着说：“我儿子并不知我与他妈咪已分开，我想等他长大一点再开口，这样对他的伤害较轻。况且，短期内还不是时候。”你认为怎样？我认为一个男人如果真的喜欢一个女人，他会放弃一切的。我们的结局不会是悲剧，当然也不会是喜剧。跟着他，我也许会变成一个等不到结局的人。对不起，这封信太长了，但盼你能就此情况谈一谈。

祝好！

婷　上

婷：

诸多来信的女孩子中，你是较为突出的一个。不，叫你女孩子已不太适合，虽然你只有十七岁。你应该是一个很“标青”（非常出众）的女人。十七岁的你，看来像二十一岁左右。当你三十一岁时，看来也会似二十二三岁。好女人，是不会老的。

你有懒洋洋的个性。关于你的恋爱观，你有“结局不会是悲剧，当然也不是喜剧”的看法，已很是潇洒。好多人会在岁数上欺骗对方，把自己说得更年轻；你却隐瞒年龄，令他认为你老，让他去猜疑，实在是高招。这也许是你与生俱来的本领。但你仍经验不够，因你在“给他”之前没把事实告诉他。男人为了要做那件事，什么都肯，什么都原谅。如果你抓得准的话，事前向他讲明自己的岁数，那么现在应该一点烦恼也不会有。这只是一个小教训，你才十七岁，有大把时间去学习。

你也不必为这个男人太过紧张，他只不过是个过渡时期的角色。他只能用物质来满足你，像购物、像换奔驰车，这不过是“小儿科”罢了。况且，这个男人是不是真的与他老婆离了婚？你根本找不出证据。他说要你等他三年，等他儿子大了再向他解释，这只是借口。如果他爱你爱得要生要死，怎么会叫你等呢?

你让他迷惑，让他猜不透你是怎样的一个女人。他也不可能死心塌地去爱你，是因为你“给他”的时候，已不是一个处女。男人就是那么贱，以为处女是宝，以为一生一世欠了你。其实，在三年前恋爱的时候，你早就不是处女了，是不是?你说的没错，人一生没有让人那么“纵”过，是一种经验，尽情去享受好了。但不能要求永恒，况且，永恒对你们年轻人来说，是一件沉闷的事。兵来将挡，天塌下来当被盖，这是你的个性，你不需要我的意见。

祝好!

蔡澜　上

恋爱，永远是值得的

你们都是初次享受人生中的喜悦，无论结果如何，总是对的。恋爱，永远是值得的。多爱几次，你就知道我的话没错。

蔡澜先生：

去年十月，我认识了狄克，我与他曾相恋过两星期。学校中有一位叫Y君的男孩与我很合得来，这件事只有我与PC知道（PC是跟我有五年交情的知己）。但PC竟将这件事告知了狄克，幼稚的我竟因一时冲动，就赌气地与Y君约会，PC却趁机与狄克走到了一起。（原来PC是故意激怒我）。一个月后，我与Y君分手，狄克与PC也同样以分手收场。不过，狄克与 PC 分手后不久，就与其前女友复合，没理我。我还蠢到主动去劝解其前女友，请她回到狄克身边。

直到现在，我心里仍念着狄克，而 Y 君也一心一意念着我。

请先生帮我解答以下问题：

（1）我是否应继续等狄克呢？

（2）去另结新欢？我也试过去喜欢别的男生，但因为我实在太爱狄克了，无人能取代他。

（3）与 Y 君一起过活？

备注：我自己也知道，等待他只有一个结果：等得越久，就越难忘记他。

你可能会劝我斩钉截铁地忘了他！但我只想知道，以往我那样对他，值吗？我有错吗？

Vicky　上

Vicky：

年轻人恋爱，哪会有错？

你们都是初次享受人生中的喜悦，无论结果如何，都是对的。

但是，另一方面，你们的恋爱，有百分之九十九的几率会失败。青梅竹马结合的例子，少之又少。即使结婚了，最终因感情问题而分手的，比比皆是。

回答你的问题：

（1）你应该等狄克。因为即使不让你等，你也会等下去。其他选择并不会满足你的心意，像那个歪君（Y君）。

继续等下去吧！总有一天，狄克会觉得你太烦了，把你完全抛开，那时你就会放弃等待他的念头了。

（2）你已经试过另结新欢？不必多此一举。反正在这个时候，什么人你都不会看上眼的。

（3）与歪君一起过活？这个主意不错。一面恋爱一面等，是最聪明的做法。问题在于，你能否下得了这个决心。国外有人说过，一鸟在手，好过两鸟飞散。暂时把歪君留在身边吧！你又不必花钱去养他，何乐而不为？

人在恋爱时，自然会比较潇洒；每天在家苦等，唯有等到发霉。

你错了。你等得越久，越不会那么难忘。你没听过“时间能冲淡一切”这句老话吗？

你又错了。我不会叫你斩钉截铁地忘记他，这根本是不可能的事。我怎么会指一条死路让你去走？

你以为做的事值得那就是值得。恋爱，永远是值得的！多爱几次，你就会知道我的话没有错。

蔡澜　上

爱情和烦恼是孪生的

爱情和烦恼是孪生的，相对又相关。自己经历过，才能真切领悟。

蔡澜先生：

你好！这是我第一次给你写信，希望你能为我指点迷津。

我今年刚好二十岁，不知不觉中已工作三年了。大概每个人都会经历这些阶段。我天真地想过，几年后结婚、生子，但这些景象对我来说是一种恐惧。在这三年里，曾经有几个人追求我，但我都认为他们是在开玩笑，所以并没有理会他们。其实，我真的很想尝

试一下恋爱滋味，可我很害怕，怕自己爱得越深，失望也就越大，为什么我会这么想呢？因为我身边的很多朋友都如我刚才所说的那样。我曾给自己树立信心，让自己去接受别人，但最终都失败了。我失去了好几次机会，我是不是很白痴、很懦弱？

我想，你一定会是说我是在自寻烦恼，或直接叫我去死吧！我也明白自己简直是自寻烦恼。所以，我希望你能提醒我，叫醒我！虽然你可能觉得这封信是垃圾纸，但我仍希望你能多看一眼！

祝你生活愉快！

懦弱的女子　上

懦弱的女子：

年轻人自寻烦恼是件普通事。年轻人不知道烦恼是什么，这是他们最初接触到的经验，当然要享受享受啦。

我不会叫你去死的，请放心。

要提醒你、叫醒你，却是件很难的事。爱情和烦恼是孪生的，相对又相关，自己经历过，才能真切领悟。在沉迷的期间，人会变成聋子，什么都听不进去。

一件事，还没有去做，就已经先认定会失败，抱着消极的态度，这不应该是年轻人的行为。你们正在积累人生经验，要积极一点才对。什么叫“爱得越深，失望也就越大”呢？没有尝过爱情的滋味，也就没有资格讲失望。

尝试一下恋爱的滋味，很好呀！这是年轻人的特权，尽管去享受吧！恋爱有说不尽的美妙，但也要有心理准备，它总会带来不少烦恼。

恋爱在什么情形、时间、地点下产生？每一个人遇到的都不同。你身边朋友的消极的例子，也许不会发生在你身上呢！我见证过许多第一次恋爱就相守到老的个案，不能说初恋就一定会失败。

但是，一般情况来说，你的观察没错，不成功的例子居多。可是，大家要继续活下去，没有人会为了失恋而死，除非是他们本身已有严重的自杀倾向，那才会走上绝路。这种人，如果不是因为恋爱，也会为了其他一件小小不愉快或被拒绝的事，即刻自尽。谁都救不了他们。

你十七岁已经出来做事，有独立精神，是个好女孩！你应该更自信一点才对，不必怕恋爱，敞开胸襟去尝试吧。

虽然你已经失去好几次机会，但是你只有二十岁呀，今后不知会遇到多少男孩子，担心些什么呢？

比起那些已经三四十岁还没有恋爱过的女人，你幸福得多。再过一二十年再忧虑吧，到那时候如果还是独自一人，你再给我写信，我自然会教你一些绝招。

祝好！

蔡澜　上

他比我小五岁

男人喜欢女人，为了占有，为了欲望，都是正常的。

蔡澜先生：

您好！人是否是矛盾的动物？当你未曾拥有的时候，你会很渴望得到。一旦得到，就会患得患失。二十九年来，我一直都在期待我的另一半出现。但是我想不到，出现在我身旁的他，竟然会比我小五岁。很多人都说过，感情不分年龄，但我真的有点抗拒男友比我小五岁。

我分不清这算是杞人忧天，还是“身在福中不知福”？虽然他比我年纪小，但对我很好。我外表给人很坚强、独立的印象，实际上很希望有人来疼爱我。在家里，我得不到双亲的疼惜，所以他的体贴、温柔，使我禁不住爱上他。我不知道自己究竟该怎样，我好乱、好矛盾。

我无法想象失去他会怎样。我真的好怕失去他。我知道，自己犯了一个大错，就是和他有了亲密关系。有时我会想，他喜欢我是不是为了占有我，以满足他的欲望？而我自己呢？男人和女人一旦达到成熟的年龄是否就有情欲？我这样做，是不是好傻、下贱？

我对他没有信心，虽然他时常向我保证他很爱我，不可以失去我。但每和他上床，我脑中就会想：假如有一天，我老了，不再吸引他，在床上不能满足他，他还会像现在这般爱我吗？他会抛弃我吗？坦白讲，他是我的第一个男人。二十九年以来，他得到了我的初吻和初夜。我一直都希望，丈夫是我第一个男人。但现在，我对他真的没有信心。我这样的想法，对他是不是不公平？

对不起！我心很乱，所以字体很潦草。我甚至不知自己想表达什么，希望您能够看得明白。见谅。

祝安康！

木子　上

木子小姐：

人是矛盾的动物，这才好玩。

女人比男人大五岁，这不是问题。失败的例子很多，但是成功的例子也不少，每个人的个案不同罢了。

哈哈哈，你和他发生了关系就是大错？你已经是一个二十九岁的女人，没有经验才是可惜，怎么会说是错呢？

尽情享受这段情吧，追回你失去的欢乐。男人喜欢女人，为了占有，为了欲望，都是正常的。到分手时，你再开始担心好了。

一般来说，男人在十四岁时就“懂事”了。早熟的男人，会在十二或十三岁，迟钝一点的则在十七或十八岁。

女人应该比男人更早熟，所以请放心，你绝对不傻，也不低贱。

终会有一天，你变老了，当然也会满足不了他，他对你的爱也会冲淡。此时，他即便抛弃你也不足为奇。这是事实，要接受。当然也有例外，在于你能否看得开。

但是，为什么要为了未知的将来而放弃当前的欢乐呢？大可不必。

做人潇洒一点吧。今后会有什么变故，今后再担心吧。天塌下来当被盖，日子会觉得好过些。

心乱干什么？忧虑失去他，和担心没有饭吃一样。天灾人祸呢？给汽车撞死呢？都可能发生！担心这担心那，人活着还有什么意思？

有时候，用比较的方法才会好过点。比起一生一个男人也没有，做一世老处女，你现在是不是“过瘾”得很呢？

没有他，你怎会懂得初吻、初夜的欢愉？对他没有信心，是不公平的。

人有肉体年龄和精神年龄之分。你外表坚强、内心脆弱，代表你的肉体年龄还很小。小个五岁吧，你已经和他同岁啦。如果有一天，他对你的身体厌倦了，你也就认命吧。上帝会罚他认识一个小姑娘，等他老了，看他“不举”，令他无地自容。

蔡澜　上

为年龄而烦恼，是有保留的爱

真正爱一个人，可以爱一生一世。亲眼看这个你爱的人和别人结婚、生子、离婚或死了老公，再继续追求。

蔡澜先生：

你好！我很喜欢读你的书，你让我明白了很多关于爱情的道理。我心中有一个疑难，不知如何解决，故鼓起了最大的勇气写了这封信，希望先生能替我解答。

我今年十七岁，是一个高中三年级的学生。三年前，我暗恋上班里一个比我大三个月的女同学。她虽然不算漂亮，但是她的独特气质把我深深吸引住。可惜的是，当时的我身心均不成熟，像个小孩子。

非常幸运，后来我调到她的邻位，我终于有机会结识她。她对我非常友善、亲切。那时，正是我最孤单寂寞的时候，而她给了我支持和鼓励，这让我对她的爱慕更深一层。不过，我一直未曾想过向她表白。

就在毕业礼的那一天，她给了我一生中最沉重的打击。她说，她一直只把我当弟弟看待而已。我顿时跌进了绝望的谷底！为何上天要让我的年纪比她小呢！

现在，我的身心较以前成熟多了。虽然自那次之后，我曾谈过一次恋爱，但我心里最喜欢的还是她，而且从未有过放弃的念头。

蔡澜先生，我现在该怎么办？我和她有没有可能成为情侣？我有资格追求她吗？请给我睿智的意见，谢谢你！

为三个月而烦恼的男孩　上

为三个月而烦恼的男孩：

男女之间，岁数相差三个月，是件微小得再不能微小的事。就算三年，也照样可以幸福地结合。如果遇到一个大你三十岁的女人，而你还爱她爱得要命，那才值得去烦恼、去伤心、去头痛。

人类的年龄，分肉体年龄和精神年龄。有很多人七老八十，但心境却像一个孩子那么天真；也有很多人患了所谓的“未老先衰”，孩童的时候，问他们要不要上街玩玩，他们回答：“让我考虑一下。”这种人简直是“老人精”，一点也不可爱。

就算和一个与你相同年纪的女人恋爱，也不见得是件好事。因为在肉体年龄上，女人总比男人更容易老，到最后看来有点老妻少夫。但问题是，你现在爱她爱得不够深，要是爱到死去活来的话，那才是真正的爱。你是为年龄问题而烦恼，这表明你对这女孩的感情还是有保留的。

女人跟你说，她把你当成弟弟看待，就让她们说个够好了！你自己不认她是姐姐就是，还有机会的。

何必烦恼呢？她把你当弟弟，那么戒备也相对少了，你尽管可以叫她姐姐，和她亲近，制造更多机会和她在一起。这不是“心术不正”。实际上，爱一个人，“心术不正”又算什么？

你绝对有资格去追她！你已和其他女子交往过，但还是只爱她一个。试试再结识一些女孩子，也许，你的看法会有改变。

真正爱一个人，可以爱一生一世。亲眼看这个你爱的人和别人结婚、生子、离婚或死了老公，再继续追求。那个女人要是不感动，就不值得你去爱。

你说你的身心已成熟，但我一点也不觉你成熟！你才十七岁，才接触过两个女人罢了，就那么烦恼，成熟个屁！

蔡澜　上

莫名其妙嫁给他

你已经嫁了人。你是一个太太，没资格做一个任性的少女！你有责任经营好一个家庭，不管你当初的决定是对的还是错的，你都要尽力地熬下去。

蔡澜先生：

本人今年二十三岁，性格属于乐天派。去年，我认了一个大我三岁的男孩子，就称呼他为A君吧。一开始，我很不习惯，因为身边突然多了一个要照顾的人。虽然常听别人说，有男友是件快乐的事，但我始终未能体会这种滋味。不是他对我不好，相反，是他太爱我了，有时甚至让我感到很难适应。

某年圣诞节，他一手拿着花，一手拿着戒指来到我面前，向我求婚。我做梦也想不到会这么快，不知如何是好，完全没有心理准备。我看见他那深情款款的眼神，更不知所措。他说：“我实在太爱你了，此生此世你是属于我的，嫁给我。”哗！好肉麻！原本是冬天，但感受到掌心在不停出汗。我就对他说：“我喜欢自己，多过喜欢你。”他听后很意外，眼睛似有泪光。我不知说什么好，更不懂说安慰话。他含泪对我说：“难道你要放弃我？”此情此景，像是电视剧那些男主角抛弃女主角的说话。我叹了一声便对他说：“你多给我些时间，让我想想大家是否适合在一起，好吗？”他无奈地答应了。自此之后，他再也没找我了。

我以为我已终结了这段感情，直到我生日那天，他竟出现我面前，还是用上次的手法向我求婚。我以为他会死心，但想不到他竟然会信守诺言。他说：“我已给你足够时间让你考虑了。”我又是好笑又是好气，欣然答应了他。

现时，我已成为他太太了。请蔡先生为我解答几个问题，好吗？

一、我是否太男性化呢？

二、我是否属于同性恋呢？

三、他为何如此顽固，一定要我嫁给他？他爱我吗？

四、我的错字是否很多？

祝健康！

有缘人　上

有缘人：

当读到你已经是他的妻子时，我心中一沉。

你怎么会那么莫名其妙地嫁给了他？

很显然，你答应他时，同情多过爱情。出发点已是错误。

对一个自己喜欢的人，你绝对不会感觉到他的示爱是令人厌恶的。

回答你的问题：

一、你没有陈述自己的爱好，很难判断你是不是太男性化。从你来信的句子和笔迹来看，也没有男性化的痕迹。我想，你只是一个普通的女子，也许你的头发剪短了一点罢了。

二、你是不是同性恋，你自己应该知道。如果还没有搞到和女人牵手、上床的地步，最多是有点倾向，不算严重。你不喜欢你现在的丈夫，并不表示你就是一个同性恋者。令人惋惜的是，你还没有遇上一个你真正爱的人。

三、他是很爱你的。爱一个人便苦苦地去追求，这不算是顽固，反而是正常。要你嫁给他，也是理所当然。

四、你的错字不多。

你已经嫁了人。你是一个太太，没资格做一个任性的少女。你的责任是经营好一个家庭，不管你当初的决定是对的还是错的，你都要尽力地熬下去。

我不知道你为什么对你丈夫有意见，也许他有许多让你看不顺眼的地方，但感情是可以培养的。既然你来信的第一句就说，你是一个乐天派，那么便要以这个态度去处理你的婚姻。

我自己虽然有些“博爱”的毛病，但我对婚姻的看法是：要是离婚的话，显然是自己决定的错误。我对婚姻制度持保留态度，但我也不饶恕自己的错事。

祝好！

蔡澜　上

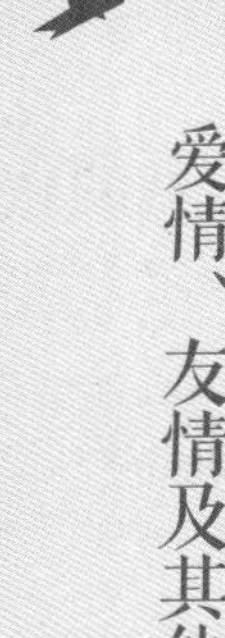

爱情、友情及其他

写情书的快乐，在于等待对方的回信

少女总会面临不知对方是否爱自己的疑问，越想越解不开。还是西洋人聪明，他们发明了一种方法……

蔡先生：

最近，我与一位认识已久的异性朋友再度通信。此前，因某些原因我曾与他断绝来往，直至一两个星期前，我无缘无故地想起了他。我天天想他，终于鼓起了勇气，再与他通信。不知是否有心灵感应，他说最近几个月也常翻阅以往我写给他的信。

等待他的第一封回信时，我又是失眠又是做噩梦，怕他不想再与我来往。当我盼到他的信时，兴奋得彻夜难眠。长此以往，我担心自己的身体会支持不住，因为我自小就体弱多病。

可是，人总会变的。他变了，我也变了，虽然都变得不多，但我觉得与他之间像有一层隔膜。我与他似近非近，似远非远。从我俩认识那天起，我便爱上了他。在此期间，我曾恨过他，亦试图忘记他，怎料天意弄人，兜兜转转又回到原点，这可能就是所谓的缘分吧。现在我只知道，我仍爱他，深深地爱着他。

我不知道他对我的感觉是怎样的。蔡先生，请你告诉我，如何才能知道我在他心中的位置？他爱我吗？怎样才能将这段友情变为爱情？恳请蔡先生能为我详细解答。

祝好！

忠实读者云月　敬上

云月：

很羡慕你。沐浴在爱河中的少男少女，总是那么美丽。

情书的往来，现在已不流行，打个电话算了。你们还能依传统交流，已经是非常非常难得。

写情书的快乐不在于写，而在于等待对方的回信。你那兴奋得彻夜难眠的心情我能了解。不过，相信我，别担心身体会支撑不了。这种兴奋只有几回，多了便麻木了。年轻人熬几个通宵，不会死人的。

读对方来信，一定看了又看，重复多次。再过几十年，当你回想起，请记得我的话，这是非常可爱又非常“愚蠢”的。

所谓的爱情，正如你所说，忽隐忽现，若即若离，似远非远。有折磨就有快乐。这是痛苦，也是享受。别再烦恼，当它是福气。你会发现，在一生之中，像这样的一段感情，不会一而再地发生。人会长大，一旦长大，什么都会看得淡，就像我现在一样，但是我将拥有另一个层次的享受。这种享受要到某种年纪才能懂，现在说给你听，你也不会明白的。

至于你男友对你的感情是怎样的，也很容易体会。他当然也很喜欢你，不然怎么会厚着脸皮告诉你，他也在翻阅你的来信？

如何促进这段情？当然不能只靠书信。多约会，有什么想问的就坦白问，问清楚了心情会更加舒畅、更加甜蜜。如果对方没有意思，也可以死了这条心呀。

谈天、牵手，其他行为接着就来。等待回信固然刺激，等待牵手、接吻等，唉，那比写信不知要好几万倍呢！

少女总会面临不知对方是否爱自己的疑问，越想越解不开。还是西洋人聪明，他们发明了一种方法：拿一朵白色菊花，把它的花瓣一瓣一瓣地撕掉。撕第一瓣时说："他爱我。"撕第二瓣时说："他不爱我。"以此类推，到最后一瓣，一定是他爱我的。因为即使剩下"不爱"的一瓣，你也会认为自己算错了，再弄一朵花撕之。

祝好！

蔡澜　上

爱情与友情，傻傻分不清

假如你觉得这一生一世离不开这个人，那么你要么太没有信心，要么就是长得太丑。只有这样的女人才担心找不到新男朋友。

亲爱的蔡澜先生：

你好！我今年十九岁，认识了一个大我六岁的男人。我们在一起的时候很开心，他很照顾我、关心我，直到现在我仍然是爱他的。一个多月前，因为种种误会，我们正式分了手，但还经常通电话、见面。他曾经说过，即便分了手仍可做一对知己良朋，所以这种朋友关系一直维持着。

本来应是一件开心事，和心爱的人分开了仍可做朋友。但其实，每次见面在开心之余，都有一点心酸的感觉，毕竟我是爱他的。

前两天他问我：是不是因为仍然爱他才跟他做朋友？他说，他不想我们之间的关系变得不清楚。我说，如果一点感觉也没有，便是我从来没爱过他；他一点感觉也没有，表明他以前没有真的爱过我。他说，那只是我自己的想法。事后，我很矛盾，我是否不应该再和他联络，免得辛苦？或者，继续这样下去？因为他的意思是只想和我做朋友，我想这点是可以做到的。

希望你可以帮我解开这些疑团，谢谢！

祝好！

白羊　上

白羊：

年轻男女之间，爱情和友谊，常常不清不楚。有一点是千真万确的：当年纪大一点，爱情消失时，只有友谊存在。

你说，你们因种种误会“正式”分手。什么叫“正式”呢？有没有律师证明？“正式”只是你们两人的事；要“正式”就“正式”，“不正式”便“不正式”；和““吵架”“不吵架”是一样的，更像是“剪刀、石头、布”的游戏。

还是很爱他的话，那就是爱情了，还讲什么友谊？

好朋友不会那么紧张的。古人也说过，君子之交淡如水。越是不在意越好，哪里会像你说的“酸”呀“苦”呀。

爱他，是光明正大地告诉他：我爱你！说上几十次，他一定心软，把你抱在怀里。你那时可以痛哭，作可怜状，如此就把他百分百地融化了！

要是他假装听不见，那就完蛋了！上帝也帮不了你，尽快分手！千万别做“伟大的朋友”，没什么用。

年轻人还有一个毛病。他们不单单把友谊和爱情分不开，还将朋友、爱人和性搞不清楚。

你爱他到底有多深？和他上了床没有？男人即便和你睡过觉，也不代表一定爱你的，何况你们只是牵牵手罢了。

要是没有肉体关系，那就更好解决了。你今年才十九岁，有大把时间去认识别的男人。假如你觉这一生一世离不开这个人，那么你要么太没有信心，要么就是长得太丑。只有这样的女人才担心找不到新男朋友。

永远地矛盾下去，痛苦是不断的。在你们的年纪，这也许是种享受，因为“犹豫”的感觉对你们来讲，还是新奇的。

我们“过来人”很怕这种麻烦，要就要，不要就不要，即刻摊牌，今后的日子会好过一点。如果给人家弄大了肚子，人家又不要你，那时才称得上“心酸”。

祝好！

蔡澜　上

什么叫爱情

什么叫爱情？无条件地献上叫爱情。

什么叫爱情？多丑的女人在他的眼中看来都是美的，这也叫爱情。

蔡澜先生：

您好。

我则不太好，我一直被感情问题所困扰。请蔡先生帮忙解答，希望我可以好过些。

我跟Sam的“爱情游戏”，自三年前我们在美国相识开始。说是“游戏”，是因为他一开始便已有女朋友，而我最初也只是仰慕他的智慧。

当时我与工作“恋爱”，我们都视彼此为另一个选择——我以为。

但不久，我发觉自己在不经意间等他给我打电话。原来我在等着听他的声音，原来我爱他。

Sam说，他的女友Chris非常漂亮，与她上街约会十分威风，但没有头脑。Sam视她为肉体伴侣，视我为精神支柱。于是，他时常来电找我。渐渐地，他说女友太肤浅，我这个“精神伴侣”便慢慢变成正选。

其后，他却开始抱怨我长得不够美，说我不够浪漫。我也开始觉得他幼稚。他说，我不能没有你，但你实在没法满足我对“美女”的要求。

我无法忍受，离开了他，但心里一直挂念着他。一天晚上，Sam打过电话来问候我的近况，然后彼此无言以对，但又舍不得收线，真是痛苦。

爱一个人，是否可以接受不在一起生活？我们形式上是分开了，但心仍连在一起，怎么办？

蔡先生，究竟什么是爱？

祝好！

阿舒　上

阿舒：

首先，我要向你道歉，因为这封回信不会让你更好过。

我一向认为，在一个女人面前说另一个女人坏话的男人，好不到哪里去。

再者，一个带着身材好的女人上街便认为很“威风”的男人，也好不到哪里去。

更加过火的是，他竟然敢厚着脸皮向你说，一方面要你陪伴，一方面又要找美女满足生理要求！这不等于说他在嫌你丑？

你问，你们分开了，但是心还连在一起，应怎么办？

容易办！叫他去找“大型哺乳动物”做大婆，你做“二奶”不就得了？或者反过来，你是“阿大”，允许他去找一个“狐狸精”，也皆大欢喜。

当他有需要的时候和别的女人上床，当他心情苦闷的时候找你聊天开解，多么完美的生活！你们能接受就好！

什么叫爱情？无条件地献上叫爱情。多丑的女人在他的眼中看来都是美的，这也叫爱情。他做得到吗？

天下男人多的是，为什么偏偏要找一个不肯和你上床的男人？听了笑死人。

祝好！

蔡澜　上

有底线的爱情，是不成熟的

爱情来时，像一团火，轰轰烈烈。起初是个小爆炸，以为已经了不起；后来来个“原子弹”，哗！那才是惊天动地。及至年纪越来越大，也许是一阵燎原的烈火，或者是烧至枯干的树叶，也有火花，但感觉不一样了。

蔡澜先生：

你好，我今年已二十七岁了，有时觉得好像越活越退步。

毫无疑问，我属于那种“想得太多”的人。二十出头的时候，我认为婚姻是人生中的一个步骤，并且往往不是和真心相爱的人结婚。但经过一次失败的感情经历后（其实也不算失败，总之是分了手），我反而更希望能和相爱的人结婚，亦感到结婚不是儿戏。

真不好意思，总是在兜圈子，还未入正题。其实，我所疑惑的是，现实中究竟有没有爱情呢？曾经有一位朋友说过，若男朋友真心对你，你在他心中的位置是第一位，甚至比自己还重要。但我认为，每人都有一条底线，超过这条底线，最重要的就是自己。不同在于，每个人都有不同的底线。

我想问，怎样才能知道对方是否真心？朝夕相对？山盟海誓？经济支持？我明白没有确定的答案，但希望你站在男人的立场，给我一些意见。

还有，我很想知道，是不是所有男人都喜欢玩弄女人？我曾听说，男人有两种：玩女人身体的男人和玩女人感情的男人。究竟有没有对女人一心一意的呢？我现在觉得，即使与男朋友朝夕相对、山盟海誓也是没有意义的，重要的是心，但究竟有没有真心人？虽然这问题不易解答，但希望你能给我一些意见。

祝工作顺利！

May　上

May：

谢谢你对我的拥护，到了我这年纪，不讲些真话对不起自己。

人生总要分几个阶段。你对婚姻已开始认识，算是升华了一级。“想得太多”没坏处呀！我也属于“想得太多”的人，和你一样。

二十七岁不算大。爱情的烦恼我也有，我父母亲也有。

现实生活中当然有爱，不过较为短暂，不像小说、电影中的山盟海誓、永垂不朽。爱情来时像一团火，轰轰烈烈。起初是个小爆炸，以为已经是了不起；后来来个“原子弹”，哗！那才是惊天动地。及至年纪越来越大，也许是一阵燎原的烈火，或者是烧至枯干的树叶，也有火花，但感觉不一样了。

在那种像原子弹的爱情阶段，是没有底线的。发疯似的爱，抛开朋友、亲人，甚至父母和自己的性命，哪会有什么底线？

有底线的爱情，是不成熟的。你还没有经历过舍命的爱，所以你认为有底线。

要知道对方是否真心？出发点已经不对。最重要的是自己是否死心塌地去爱对方。如果答案是肯定的，那便不会有猜疑。凡是有一点点戒心的感情，已不是那种轰轰烈烈的爱。

不。不是所有男人都喜欢玩弄女人。有些男人连自己都搞不明白，哪会有心情去玩弄别人？

即使说男人要玩女人的身体或感情，在开始的时候也是没错的。因为他们也不知道结果如何，尝试一下，有何不可？女人也有同样的条件，别老是说“玩”那么难听。

在相爱的过程中，难免有欺骗或伤害，也可能在互相残杀之余产生更深的情感。总之，没有开始就不会有结局。

究竟有没有人可以专一？当然有！问题在于“专一”的时间长一点或短一点。我们的要求不能太多。有，好过没有。

你的问题相当抽象，我已尽力脚踏实地地回复，但重读自己所写的，也觉得很抽象，对不起。

祝好！

蔡澜　上

谁没有活过十六岁呢

谁没有活过十六岁呢？

你自认不如“瓜子脸”美丽，身材又没有人家那么好，那又有什么条件和人家去争呢？就是凭你只有十六岁？哈哈！

蔡澜先生：

我是一个即将十六岁的中学生，我很喜欢玩花式溜冰，近日爱上了一个教溜冰的教练。他是溜冰场上最受欢迎、学生最多且赚钱最多的教练。虽然有人说他的嘴巴太大不好看，但我觉得他白净英俊。

每次上课，我都想跟他多些身体接触。平时，我常找借口给他打电话，和他“煲电话粥”。但平时上课时，他常刻意避免接触学生的身体。我有什么方法让他知道我爱他？

听说，他对一个短头发、瓜子脸、身材窈窕的女学生特别好。

"瓜子脸"溜冰笨手笨脚，有时还向教练发脾气，表情很恶、很气愤，但教练竟然很"死狗"地对她温馨呵护。其他女学生也时常跌在冰面上啦！跌一下又有什么大不了的？

我曾留意过这女子，觉她很做作。她有点女人味，常穿贴身衣服溜冰，大约有二十四岁。听说，除每周的上课日外，她很少去溜冰场练习，但那些男孩却喜欢看她。她说得一口流利的英语，可能是在外国长大的。

一、"瓜子脸"平日表情冷漠似木头公仔，年纪又老，成日扮斯文、高贵。我就活泼可爱，青春无敌十六岁。

二、"瓜子脸"的上课时间在下课前的最后一个时段，我猜她是有心勾搭教练收工之后带她上街玩。

三、"瓜子脸"脾气臭，但我就听话，又乖又善解人意。

四、"瓜子脸"穿衣服好看，我猜她一定戴了 Magic Bra；我的胸部虽然还没有那么挺，但我还可以发育。

我曾在洗手间与"瓜子脸"相遇，我对着镜中的她骂她"正一死姣婆"，可是她竟当我透明，不理会我。

我有何办法可以让"瓜子脸"不再来溜冰场，不再勾搭我的英俊教练？

青春无敌十六岁　上

青春无敌十六岁：

谁没有活过十六岁呢？

青春无敌？也许是吧，但请聆听笔者的忠告。

你自认不如“瓜子脸”美丽，身材又没有人家那么好，那又有什么条件和人家去争呢？就是凭你只有十六岁？哈哈！

你说你还可以发育，换句话说，你现在还是发育不全的。成熟男人应该不会喜欢你这种平胸的小女人，除非是心理不健康的。

你把自己形容为善解人意，但善解人意不是一个好形容词。我家有一条狗，叫它做什么它就做什么。啊，这条狗真善解人意！大多形容动物才用这个词。

是的，你所说的“瓜子脸”跌倒之后，向教练发脾气，这一点我也是不喜欢的。但是除此之外，你所说的瓜子脸没什么不好。常穿贴身衣服溜冰，我也爱看。是不是穿 Magic Bra 你我却在猜测，但好过看一个要等三四年后胸部才发育的黄毛丫头。

我最欣赏“瓜子脸”的是，你骂她“正一死姣婆”时，她竟然不发怒，处处表现出她是大方的，不和小孩子计较。但也有一个可能性，她可能在外国长大，根本听不懂你在说什么。

“瓜子脸”二十四岁，你就说她老。从你的信中看出，这个二十四岁的“老女人”，大家都喜欢。似乎十六岁的“青春无敌”，给二十四岁的“阿婆”打垮了。

有何方法让他知道你的爱意？很简单，献出身体好了，这是你唯一的本钱。至于是否明智，你自己去判断。

有何办法可让“瓜子脸”不再去溜冰场？没有。但你即使不到溜冰场，也可到游泳池、保龄球场等碰碰运气，也许会遇到更英俊的教练。

读你的信，不难发现你的措词尖酸刻薄，有点像粤语残片中的后母，这种角色一向是反派。

蔡澜　上

抢得走的是不值得留下的

被出卖是家常便饭，照吞下去好了。只要坚守不出卖别人的原则，心则安之，必有后福。抢得走的是不值得留下的，现在抢走，好过结婚生子后再被抢走。

蔡澜先生：

有一些事，在心里压抑得太久了，这让我非常痛苦，真希望有人可以教我怎么做。

我十七岁那年，本打算前往美国读书，但那时我认识了现在的男朋友。他对我很好，我舍不得走。两年后，我终于清醒了，懂得去衡量，他让我感到失望。我决定把握住机会，再次尝试赴美读书，只可惜这时各种阻力一并袭来。我和家人闹翻了，他们不肯供我读书，为此我伤心了好一阵子。之后，我搬到男友处同居，什么事都得自己去打理，由清早上班到下班回家买菜、做饭，家务占用了我整日的时间。因为没时间休息，再加上心情低落，我曾一度瘦了好几斤。

身心俱疲，很多事却仍不甘心，于是我努力苦干，不想被别人看扁。眼看快要达成愿望，却一波三折。赴美读书签证被拒，我开始崩溃，觉得什么都完了，简直就像遭当头棒喝。那段日子，我难受得不知怎样去形容。尤其是没有家的感觉，让我整个人感到孤独、无助，毕竟自己仍未长大，经不考验。

现在“康复”了点，我打算再接再厉，下个月再去美国领事馆试一次。其实，我现在还有点慌乱，尤其想起前一阵子的事，紧张得连呼吸也有困难，有时连自己都害怕自己。

到现在算是好些了吧！男友对我越来越好，但我身边的好友也对他越来越好！这简直就是另一种折磨。（他这时候才懂得珍惜我，虽不算迟，却令我难于抉择）。我最要好的女朋友，竟对他“虎视眈眈”！她真令我伤心，朋友啊！最好的朋友啊！再被人伤一次。

蔡澜先生，请教我怎么做。我从来也未像现在这般无助、软弱，心在不断地痛，毕竟我还是一个小孩子。

祝安康！

小朋友　敬上

小朋友:

你的精神是值得敬佩的。

任何事都一步一步去做，还要应付精神上的困扰，真不简单。

你现在已和男友同居，也许有些人会说你还小，不应该那么做，我倒认为你的身心都已成熟，年龄不是大问题。

你申请去美国念书，不获批准。如果我是你，我会每隔两个星期就去试一次，试到美国领事馆烦死为止。美国人有个脾气，如果你坚持，他们一定会问自己:“这个人为什么那么努力？一定有原因。”

像我在美国考驾照，失败了四五次，结果考官认为我有恒心，不管我驾车技术多差，还是给我合格了。

除非你是有案底的人，不然的话，你一定有被批准的机会。

我不知道你是出于什么原因一定要去美国，也许是那边有朋友或亲人可以照应吧！但是我认为，澳洲、加拿大也同样可以去。按你的来信，你的个性很强，完全可以靠自己。朋友，到那边再交新的。

美国领事馆为难你，不见得加拿大、澳洲也会为难你呀！

前一阵子的困难，你想起来会害怕，但还不是顺利度过了吗？应该笑才对。那么辛苦都能坚持下来，其他烦恼已算不了什么。

好友对你的男友好，想抢他，就让她去抢好了。抢得走的是不值得留下的，现在抢走，好过结婚生子后再被抢走。

被好友出卖，伤心干什么？很多人被出卖过一次，即刻提高警觉，今后出卖别人来报仇，这种心态多么可怜。被出卖也没什么大不了，照吞下去好了，只要坚守不出卖别人的原则，心则安之，必有后福。

看得开，放得下。这像是很难懂的人生哲学，但我认为你有慧根，虽然年轻，也可以做得到。

别说你经不起考验，你现在不还是活得很好吗？

祝好！

蔡澜　上

你不是唯一一个不快乐的人

命运的安排，要你不快乐，你即便要逃避，也是逃不了。不过，命运在你手上，你想要改变它，也不是不可能的。问题在于你愿不愿意。

蔡澜先生：

你好，我今年十八岁，但我却对这世界很失望。我想知道，人为何要生存？为何人的烦恼一单接着一单呢？我活得很不快乐、很不开心，全部都是因为他——阿强。

我十五岁时就跟了他，口头上我们是在恋爱，但我却感觉不到。我们每次见面都是在他家。我与他第三次见面就失身于他了。或许，那时的我太无知了吧！我真的不懂，你知道吗？我觉得自己很下贱！

但我很肯定地对自己说，我是无条件地爱他，他当时也才十六岁罢了。我们没有外出逛过街，没有一同看过戏，也没有难忘的约会。我忍，每次吵架后他都会哄我回去，可能是没有一个女人像这我这样傻。

他的家境不太富有，我家虽然不是很有钱，但我的零用钱比他多，而他亦经常跟我借钱。开始的时候，我们在一个月内能相聚十多次。现在，他时常玩失踪，连电话都不打一个。我们几乎半年也没相聚一次，或许他已没有感觉。

在他经济拮据的时候，我跟了他。他十九岁时，家境好了一点（以前的他搭巴士出行，现在买了一辆车代步），但依然没有什么改变，也没载我去什么地方。

他十八岁就辍学出来工作了，月薪有几千元，也应该够自己用吧！但他还是从我这里拿钱，你知道吗？我平日做兼职赚的钱和零用钱加起来，是有不少钱剩下来的，全都借给了他。在他还没借钱的时候，他天天都有来电，但借钱后，他几个星期也不会来一个电话。

在他十七岁的时候，我们曾经分开一段时间，后来他还是追回我，答应会对我好。以前的他，还是可以接受的。现在，我们的关系差到外人几乎看不出我们是在恋爱。我很伤心、我哭、我发神经，没有人能明白我的苦衷，没有人能明白我的处境。

最近，他很少找我，即使来电也很难沟通。有一次他发脾气地说："不是我不想打电话给你，而是根本不知道讲些什么，我跟你根本没有共同话题。”

这样的一个男人，我竟会跟了他！我的朋友劝我，离开他或许会快乐些。但我舍不得，我等了三年，等他回头。或许我还要等很久吧！以上这些事只是九牛一毛，还有很多事我都不知怎样写出来，我希望你能解答以下几个问题：

一、他是否爱我呢？是否我太容易给他了，所以他不珍惜我？

二、我跟他见面时很淡然，但过后，我就会发脾气、发神经，会想起我们见面的时光。

三、我想离开他，但又不甘心。真的，我付出了那么多，还没有任何回报。我要等，我要他后悔这样对我。

谢谢你读这封信。

Joan　上

Joan：

第一，你不是这世界上唯一一个不快乐的人。不快乐的人很多，你只是其中一个。这么想，你是不是会好过一点？

接下来你一定问：为什么偏偏是我不快乐呢？答案是：命运的安排。命运要你不快乐，你是逃避不了的。

不过，命运掌握在你手上，你想改变它，也不是不可能的。问题在于你愿不愿意。

说好听点，是你痴情；说难听点，是你自己“惹上身”。

你觉得自己很下贱，那么为什么不尝试着改变一下呢？

对你这种呼之则来、挥之则去的女子，倘若遇到一个善良的人，会好好地爱护你；但命运安排你遇到一个坏蛋，他当然把你榨到干为止！伸手要钱，即刻有，何乐而不为呢？叫你上床，你马上答应。唉！一切是你自己作呀！怨不得别人！怨不得！

回答你的问题：

一、他不知道你爱他。他认为你根本就是一个白痴。正常的人怎么会爱上白痴呢？“我怎么会是白痴？”你问。看过你这封信的人，都会认为你是。

二、过后才发脾气，这叫马后炮，没有用的，死了也没人会同情你。

三、问题的症结就在这里了。你不甘心——不甘心，他便会蚕食你一辈子。

你根本也没爱过他，你爱的是你自己。为了自己，你不甘心，才死也要跟着他。

你要他后悔，很容易呀！离开他，他就后悔啦！

我看了你的信，我不能同情你。我回你的信，是因为我还有一点怜悯心。救自己吧！别再傻下去，听我的话没错。你们分开吧！

祝好！

蔡澜　上

遇人不淑，遭遇『渣男（女）』

忍下去，或分手

全天下“二奶”不少，你不是第一个！别把自己想得太苦、太凄凉。

蔡澜先生：

你好！有一件事困扰我有三年之久，我一直不敢跟别人讲，请蔡先生帮帮我。谢谢！

我今年二十三岁，有一个三岁多的儿子。但是，我的婚姻不是正常的婚姻，因为我的丈夫已经有了一个太太。

我十七岁时与他相识，半年多后才知道他已经有太太。我当时想过与他分手，但拖拖拉拉好几个月，我就心软了，一直保持关系，直到我有了儿子。我一直默默忍受着做他的情妇，直至四个月前，他的太太知道了我的存在。她要他与我分手，说就算她帮我养我的儿子也不要紧。我当时很害怕，怕她真的抢走我的儿子。

不知算不算是幸运，我所讲的丈夫说，他一定不会和我分手，坚持要两人在一起。我起初还很开心，以为自己真的很幸运，但后来我想明白了：我需要一个正常的家庭、正常的丈夫，做一个正常的太太，相夫教子。可是他根本不肯跟我分手，我也不想失去我儿子。我现在只想有一个解脱，跟我的儿子正常、快乐、开心地生活。

蔡澜先生，现在我很心焦，很不开心，希望你能教给我一个好办法，谢谢！

祝身体健康。

天空　上

天空女士 / 小姐：

你才二十三岁，称你为女士，似乎把你叫老了，但你又是一个三岁儿子的妈妈，总不是什么小姐了吧。

读来信，很显然，你们没有正式注册结婚，你属于未婚妈妈，其实叫小姐也未尝不可。

不要以为你的例子是“不正常的婚姻”，因为你没有正式结婚，根本无“婚姻”可言。

你，是个“二奶”，认命吧。

全天下“二奶”不少，你不是第一个，也别把自己想得太苦、太凄凉。

“二奶”只在状态最好的时候和情人会面（去餐厅、买名牌商品），不必蓬头垢面做家务。法国人还写了一本畅销书，专门鼓励人做“二奶”呢。

问题在于，你已为他生了一个儿子。你如果还是很爱对方，只好一直忍下去，接受命运的摆布；也不必怕他“大婆”会把你儿子抢走，法律会保护你。你担心这一点，显然你还是太年轻、太无知。

情夫说不会和你分手，但你自己又想过正常太太的生活，这是不可能的。

如果你只要求和儿子过快乐的日子，那也很容易，和情夫分开，靠自己过活。或者认识一位新朋友，他原谅你的过去，嫁给他，你就可以实现你的愿望。不然的话，一生不嫁，也可以幸福地生活。如果想得通的话，一切都会有一个新的开始。你这么和情夫拉拉扯扯地在一起，永远无可救药。

情夫坚持和你在一起，又不肯和他老婆离婚，对你不是什么幸运的事。他一开头就骗你，你心软。你那么好骗，如果不骗你，简直对不起上天！什么人都要骗你。

凡事没有两全其美的。

你有两个选择：忍下去或分手。

心焦也没有用，决定权在你自己手上。你要我给你一个好办法，我不是神仙，帮不到你。我只能说：试一试离开香港，带着儿子出去闯闯。也许，你眼前会是一片海阔天空，你说是不是，天空？

祝好！

蔡澜　上

所谓爱情，就是这种残酷的感觉

年轻的男人，面对自己的女子，总不会太珍惜。他们觉得呼之则来、挥之则去是最方便、最好的，这是人性的通病。

蔡澜先生：

你好！你有丰富的人生经历，请给我一些宝贵的意见，谢谢！

我是一个二十多岁的女孩子，我跟我的男朋友阿世在一起差不多三年了。最初认识的时候，阿世并非真的很喜欢我，常对我呼之则来、挥之则去，而我却对他一片痴心，待他比自己还要好。我每次都会安慰自己，可能是因为他年纪比我小一岁多，才不懂得珍惜我。

认识他数月之后，我随他到国外读书（他一直在国外读书）。在国外时，他对我很好，我们的关系也一天比一天亲密。我满以为他开始真的喜欢我、爱我。谁料想，当我们回港度假时，他又变回那个无情的人，从来不会主动找我。每次我打电话给他，都遭到他恶骂，说我很烦人。我心灰意冷，决意跟他分手。

回到国外，他又死缠着我，求我给大家一个重新开始的机会。在他极力游说下，一个月后，我又和他在一起了。在这之后的几个月，是我跟他最开心的时刻。过了数月，我们意外有了孩子。在那时的环境，我不情愿地将孩子流掉了。至今，对这件事我还很内疚，感觉是自己亲手杀死了孩子，但是那时的情况绝对不容许我把孩子生下来。

孩子的事之后，阿世待我很好，对我很关心、爱护，每件事也差不多以我为主。但是天意弄人，在这次回港前，让我发现他原来在香港还有一个女朋友。阿世和她维持了一年多才分手，而我知道他们分手的时候，恰好是我把孩子打掉之后的一段时间。

当我知道这一切的时候，我真的很想拿一把刀，在他那无情的心上插一千次、一万次，但是我没有，因为我爱他，我不愿他受伤害。我知道自己心里不会原谅他，可是我还是接受了事实。我接受了他的悔改，又走到了一起。

现在，我的忧虑是：

一、我以后要用什么心态去面对阿世，才不会使自己受伤？（我不想虚伪地对待他，这样很没意思。）

二、朋友认为，以我的条件，可以找到比阿世更成熟、条件更好的男孩子。蔡先生，你认为我可否和阿世一起又同时去接受别的男孩子追求？我怕这样，我便是一脚踏两船，犯同样的错。

三、阿世生于一个颇富裕的家庭，他的家人对我存有偏见，甚至可以说是有点不喜欢我。这是否会影响到我们将来的感情和生活呢？如果我们结婚的话，我应以什么态度去面对他的家人？我本人性格直爽，也不喜欢奉承别人。

希望蔡先生可以尽快回复我的信，因为这件事已困扰我很长时间了。

祝生活愉快！

烦恼人雪儿　上

雪儿：

你是个好女孩，我不愿伤害你，但是我下面要讲的，也许你听后会非常痛苦。不过，我也和你一样是直性子，只能实话实说。

年轻的男人，面对自己的女子，总不会太珍惜。他们觉得呼之则来、挥之则去是最方便、最好的，这是人性的通病。很不幸，你扮演了这个不受人重视的角色，这也是上天的安排，你无法逃避，就认命吧！

他在香港有其他女人，对你的态度很恶劣。到了国外，“鬼妹”不易沟通，性的要求只有在你身上发泄。

但是，自从你堕胎之后，这个男人开始改变，开始负起责任，开始为了你而和旧女友分手，这也表明他不是一个坏得透顶的人。

回答你的问题：

一、你用平常心来面对阿世好了。如何不使自己受伤？你一定会再受伤的。他和以前那个女子分开了，今后也一定还会有其他女人出现。你多受一次伤，他爱你多一层，这是命运的安排，是无法更改的。直到你的伤一块又一块地增多，他才会渐渐懂得你对他的爱。

二、我很想告诉你，一只脚踏两条船，不是男人的专利，女人也可以做。只要没结婚，你就有这种资格去同时爱两个以上的人，但像你的个性，你大概不会那么做。既然知道自己不会，就死心塌地去爱他一个好了，别再为这种事烦恼。

三、关于对阿世的家庭，你再怎么去讨好他们也没用。他们对你已有成见，是不会轻易改变的。这当然会影响你们今后的感情生活，但是日子维持得久的话，他的家人会慢慢地发现你的好处，一点一点地改观。这一点，要看你的耐性了。

如果你认为不值得，那么就马上和他分手；如果你离不了他，也只有一辈子痛苦地去爱。任劳任怨、逆来顺受，对得起阿世，对得起他的家。但是，人一生对得起自己才最重要。

所谓爱情，就是这样一种残酷的感觉。

蔡澜　上

一个懦弱的人，不值得与他长相守

一个哭着求女人留下的男人，已不是什么堂堂男子汉。

敬爱的蔡澜先生：

你好！能在书上认识你真是三生有幸，可惜太迟！

我今年二十七岁。我认识他时他已是有妇之夫，并有两个女儿。他说很爱我，经不起他苦苦以泪追求，我最终答应跟了他，领了结婚证，还生下了一个儿子。生活本应是幸福的，但事实上，我们母子过的日子比吃黄连还要苦，所以我想离开他。

原因有以下几点：

一、性格不合。他性格多疑，不喜欢我与别的男子打招呼，如被他知道，我只有挨骂的份儿。

二、与他结婚五年，我跟他只过了半年的夫妻生活，其余时间都是我们母子二人孤单地过着苦闷的日子。他不敢回来看我们，因怕他老婆毒死他的两个女儿。

三、我、他、她曾见过三次面。第一次见面，她大骂我，命令我儿子不能叫亲父为爸爸，只准叫伯父。他竟同意（他曾写信给我叫我答应，说是做戏，以后慢慢解决），但我不答应。我非常恨他，恨他的软弱，连亲生儿子都不敢认，可鄙！

第二次见面，她让我把儿子还给他，叫我另嫁人，但我没答应。第三次见面，她让我儿子认她为母，叫我这个亲生母亲作“阿英”才接受我。真是欺人太甚！我当然不同意，后来大家就一直没有见面了。他被她盯得很紧，三年多没有来看过我们，我的心真是碎成一片一片的了。

更可笑的是，在这三年里，他以“我可能不愿等他”为由，居然和她又生了三个女儿，加上前两个，总共有五个女儿。以他的经济收入根本养不起这么多人。这几年为他苦守，为他养儿，得到的竟是这样一个可悲的结局。

我跟他提出分手他又不肯，说如果我带儿子走他就去死。我真的怕他会寻死，那我就成了千古罪人。不离开他，我实在无法再承受这种苦。离开他后，我的归宿又在何方？还会有人爱我吗？真的很矛盾。

蔡澜先生，你能体谅我的苦吗？

请你尽快给我回复好吗？谢谢你。

苦恼人惠英　上

惠英：

我时常嬉笑怒骂地回答一些来信，但是你的情况，我必须严肃一点与你讨论。原因是，你已二十七岁，生活圈子不大，有个孩子要养，面临的烦恼并非无病呻吟。让我尽量帮帮你！

一、我不知道你领的结婚证是什么证。他在香港已结过一次婚，再与任何女人在任何地方多结一次婚，都犯了重婚罪。

二、他苦苦以泪追求你。一个哭着求女人留下的男人，已不是什么堂堂男子汉。

三、这个人生性多疑。多疑是女人的特权，男人多疑则不是什么好男人。

四、他怕他的老婆毒死他的女儿，那么就应该坚决和这种有精神病的女人分开。怕这个怕那个，是一个懦弱的人，不值得与他长相守。

但是，说到软弱无能，他只能称第二，你才是第一。

这么多年来，你受了那么多委屈，但还是跟着他，而且怕他与你分开后就会去死。这种男人，才没那么容易去死呢！你离开他，也许是他内心想要的，至少一切可以告一段落。分析你的来信，这个男人和他老婆生了五个女儿，而你为他生了儿子。他想留下你的唯一理由，也就是这个儿子。平凡的男人，是很看重这一点的。

除此之外，他因为怕老婆而可以做到三年不来看你，已根本不把你当人看待了。

斩钉截铁地回答你：你应该离开他。至少，你不会再痛苦下去。人生太短暂了，你已二十七岁，好好地重新奋斗，开始你的新生活吧！

如果你还要继续等他，那只能证明你是一个很丑的人，丑到没有人要。不然，何必犹豫？

人没那么容易失去生存的能力，你会好好地过下半辈子。和你类似情况的人也不少。很多女人和丈夫分开后，仍然活得多姿多彩。

祝好！

蔡澜　上

不必后悔过往的事

你爱一个人，不要去批评他的短处，这是爱的基本。爱是无条件地接受。虽然你年纪轻轻，但懂得这一套，已比别人强得多。

蔡澜先生：

我是一个直接的人，容许我直说：请你帮帮我，可以吗?

这或许是一个“旧瓶装新酒”的故事，也许只有当事人才会有这样的切肤之痛。

在高中三年级那年，我认识了他。起初，他温柔有礼，但半年后他的坏习惯全都显露出来。我并不想批评他什么，我不喜欢这样。我们就这样相处了三年，一方面是因为爱，一方面是因为我欠了他（他曾经救我一命）。这不是童话，是事实。现在我就读大专，为了养活自己，课余会做好几份兼职。

可能他认为曾帮助我或救了我，加上我又不忍心不理他，所以他一次又一次地向我借钱（直到我没有为止）。家人和朋友都说我很傻，但我觉得既然住在一起，不应太计较。后来，细想之下，才发觉他真的是在骗我。

我现在该怎么办？如何面对我那份失落的感情？

祝安好！

一个迷茫的人　上

一个迷茫的人：

你的来信很短，说明的事项不太详细，又不讲前因，比如这个男人怎样救了你一命，提都不提。本来很难回答你的问题，不过我们可以在报恩、相爱两个话题上，分开来聊一聊。

你爱一个人，不批评他的短处，这是爱的基本。爱是无条件地接受。虽然你年纪轻轻，但懂得这一套，已比别人强得多。

你一面工作，一面读书，并把辛辛苦苦赚来的钱奉送给他，甚至明明知道他是在骗你，这种行为更是伟大。

家人和朋友说你傻，不必去听他们的，他们哪里会了解你付出的爱？只要你觉得自己不傻，就是不傻。我们做人，开始时是一张白纸，非常单纯，感情没受污染，洁净得很。上一辈人教导我们“知恩必报”，他救过你的命，你报答他，这没错。由报答到发生肉体关系，也很自然。古人也是这么“以身相许”的，而古时的小说戏曲中的人物，也只不过十六七岁。

烦恼，大多源自人人都会长大。你也长大了，意识到不应该那样整天受骗。你有两条路可选：一是离开他，一是被他骗一生也心甘情愿。没有中间的路可走。

依你的来信，你在感情上已经毕业，应该付出的都已付出，可以重新来过。

你也不必后悔过往的事，这是一次人生经验，别为此而消沉。你已经懂得什么是爱，今后要更加珍惜剩下的爱心。别想报复，否则你的爱会越来越少，直到有一天，你完全失去这个感觉，就变成最悲惨的事。

回到父母身边吧！你可以继续工作，存下钱，去外地旅行，或留学念书，广阔的世界在等着你。

说分开就要分开，斩钉截铁，绝对一点儿感情也不能留下。你们女人做得到的，你们有这种本能。天要下雨，娘要嫁人，是阻挡不了的事。在这方面，女人不像我们男人那么拖泥带水！

祝好！

蔡澜　上

打女人的男人，都是坏蛋

被爱永远是幸福的！祝分手成功！

蔡澜先生：

你好，我是一个十九岁的女孩子。我和男朋友A君同居已三年多。不知为何，我越来越不了解他。在近几个月，我和他常常吵架，他还狠狠地打了我一顿。我不知道我还爱他什么。

他相貌不怎么样，对我总是呼呼喝喝，现在还打我，连我自己都不知道为什么要和他一起。我试过和他分开，但心里总放不下。我在想，这算是爱吗?

和他吵架期间，我认识了一个男子B君。他追求我的时候，我对他不理不睬，但现在我接受了他。和B君相处时的那种感觉很奇妙，他对我的关心、照顾，是我这三年来未曾拥有的。他知道我是A君女朋友，但他并不介意，还常常逗我开心。我想，我爱上他了，但我不想拖泥带水。

如果你是我，你会怎样做呢?

被爱永远是幸福的，你觉得对吗?希望你能帮我处理掉这些烦恼!

祝好!

尊重你的女孩Hello　上

Hello：

你十六岁就和男朋友同居，算是新潮人物。

是不是现在的新潮人物都是“被虐狂”呢？

怎么可以让人家那么平白无故地大打一顿呢？

我也年轻过，也新潮过，但我们那个年代讲究绅士风度，没有什么“AA”制，男生付钱，天经地义。开车门、点香烟，手势自然，做得一点也不勉强，总之在任何时间都爱护着女士。打女人？做梦也没想到。

不明白为什么男人要打女人。如果她们是只“母老虎”，还可以出手自卫，否则打女人的男人，都是坏蛋。和这种坏蛋在一起，如果还抛不下、离不开，是的，那么这可能就是爱吧！因为，爱是无条件的，包括被打得鼻青脸肿！

如果你死心塌地地爱着他，就不该有怨言，也不必写信给我求解答 —— 根本就没有答案。希望你能觉醒，若感到这个新男友更好，就和旧男友一刀两断，这样才会有出路。

如果我是你，早在旧男友刚动手时就走人了！如果我是你，根本就不会迷惘，绝对不会有犹豫，把他一脚踢到南极去！

如果他还纠缠不清，那就报警吧！

被爱永远是幸福的，被打的笨蛋！

祝分手成功！

蔡澜　上

变心的女人，绝不会回头

人在成长过程中，思想会不断改变。从前的理想，现在觉得愚蠢；今日之爱，可能是明天的后悔。人类总是“执迷不悟”，非要用时间去解决不可。变心的女人是一种很可怕的动物，绝不会回头。

蔡澜先生：

我今年二十六岁，与男友恒达相恋八年。在这八年的时光里，恒达绝对称得上是一个好男朋友。他相貌端正，为人正直，有爱心。在爱我、疼我之余，他待我的家人、朋友也是无微不至。本来，我应该像朋友所讲的“捡到宝”似的珍惜他，但是我没珍惜他，我对他有所亏欠。

在这一两年间，我变了。不知是否与长大有关，许多从前的想法均已改变。以往，我喜欢把一切都想得很美好，譬如“贫贱夫妻也可白头到老”“只要有坚强意志，问题便会迎刃而解”……但如今的我心情很灰暗，有时会计较他没经济基础，没有事业，没雄心壮志；有时会挑剔他不能给我安全感（近年家里发生很多事，我严重缺乏安全感），对他越来越冷淡。

加上JR（JR是去年在新加坡认识的，自那次开始他对我展开热烈的追求，最近更向我越洋求婚）的介入，令我和男朋友的关系日见疏离。

我自觉很差劲，好像很花心，说变就变；又觉得自己很现实，好像是根据两人的经济条件去择偶一样。虽然，我尚未作出抉择，但我已觉得十分对不起恒达。

蔡澜先生，我该怎么办?

祝安好！

思情　上

思情：

人在成长过程中，思想会不断改变。从前的理想，现在觉得愚蠢；今日之爱，可能是明天的后悔。人类总是“执迷不悟”，非要用时间去解决不可。

我不会劝你回到恒达的身边，他已失去了你。你没有经过和新加坡男友的失败，是不会珍惜他的。

以经济为首要考量的“种子”已经栽下，是不可能连根拔起的。

而你和新加坡男友如果走到婚姻的程度，也必然会破裂。因为你还没嫁给他，已经舍不得恒达。变心的女人是一种很可怕的动物，绝不会回头。你的灵魂，早已腐烂，不能自拔。没有选择了，你将一步又一步“行差踏错”（误入歧途）地活下去。

即使你能抛开一切，和恒达结合，到后来你也可能不死心，一有小小的挫折，即刻埋怨为何当初不自私一点呢？

八年时间又算得了什么？为了虚荣，二三十年也能背叛。“为了钱”，不过是你的第一个阶段，再接下去的，还有“为了欲”呢！你还未曾享受过肉体上的欢乐，那是会比金钱更让人沉迷的一回事呀！

就算两者都在你的手中，到时你还会想得到青春，从而去整容。不少人都是这种收场。

你们这种女人完全不值得可怜，也不值得去救。自生自灭吧！

唯一能够盼望的，是恒达对你永不变心，直到你老去，收了你的残躯。

你问我应该怎么办？好，回答你：马上向恒达坦白，减少他的痛苦，放人家一条生路，让他去找别的女人。

早点去把你那份忏悔课做完，别浪费我的时间。

蔡澜　上

要做“狐狸精”还要人帮，羞不羞？

可以给你的劝告是：你还是乖乖的，做什么“狐狸精”，做个本本分分的情妇算了。

亲爱的蔡澜先生：

你好吗？

如果这件事如果发生在别人身上，我绝对不能相信，但它竟然发生在自己身上，令我终日闷闷不乐，夜夜难眠。

我是一个离了婚的女人，今年二十五岁。我与丈夫离婚三年，这期间从未交过男朋友。今年中秋，我回内地探望朋友，在“练歌房”

里结识了那里的老板，和他一见如故。自那次之后，我多次去找他，两个月间去了四五次。他看上去有三十多岁，正是我找对象的理想年龄，但最近发现他只有二十六岁，让我有点失望。由于他的思想和外表都异常成熟，因此我并不太介意。令我最震惊的是，他已有了老婆。有了老婆还对我体贴入微？我很生气，但仍然很喜欢他。

他结婚已一年多，有一个小孩。他声称不会抛妻弃子，但另一方面又可以和我很要好。我并不介意他继续做他的好丈夫、好爸爸，只要他肯见见我就可以。不过，他很会玩把戏，常常以退为进，叫我不要想他，但又常常陪我。和他在一起很有安全感，好像什么都不用担心。

我想，难道我这个土生土长的香港人还比不上他的老婆？

如果他要和我玩的话，干脆做个“花花公子”吧！不要扮什么正人君子，说怎样负了我，怎样抱歉，怎样不会抛妻弃子，不想做罪人！他对我始终很好，甜言蜜语，把我玩在手中，任意愚弄。我又不能不想他。蔡澜先生，你是男人，我想你会很清楚他在想什么！怎样才可把他弄到手呢？他对我这样若即若离，我迟早会给他玩死的。希望你能明白我！再见！

祝好！

狐狸精　上

狐狸精小姐：

我是男人，我当然很清楚他想干什么，而且我会帮他，不会帮你。

要做“狐狸精”还要人帮，羞不羞？

“狐狸精”只会玩人，是不会给人家玩死的。

你本身有什么条件呢？只是因为香港人的身份？别以为香港人就比内地人厉害，在他们的眼中，你不过是个无知的女人。

问题出在你自己身上。和丈夫分开三年没交男朋友，你一定饥渴得要死。以你的来信看来，你是送上门的。

你爱的这个男人是个好男人，至少他先和你讲明，他是有老婆孩子的，好过骗你骗到底。

和你要好，是他的权利。某些男人富余许多感情，可以同时爱几个女人。如果他摆出一个玩家的“衰样”，那是属于下等的；他对你很诚恳，有什么不好呢？他甜言蜜语，不也正中你的下怀么？

既然你已知道他有老婆孩子，还是很爱他，只要肯见见你就满足，那么就继续这样见吧，何必一定要拥有他呢？为什么要让这个可爱的人抛妻弃子呢？如果他真的这么做，和你结合之后，因为有了前车之鉴，他也会抛弃你呀。

做“狐狸精”要有条件，好像在某方面的功夫要特别好，异常地体贴入微。你有没有这种才华？若有本事，不必我教你，你也可以把他弄得欲仙欲死，无论他有多少个老婆都会放弃，整天整夜地和你泡在一起。

依你来信看，情况恰恰相反。

虽说男人帮男人，但最终是“帮理不帮亲”。你的例子我很明白，可以给你的劝告是：你还是乖乖的，别做什么“狐狸精”，做个本本分分的情妇算了。要做他老婆干什么？二十四小时地服侍人，是一件多么令人疲倦的事啊！

祝好！

蔡澜　上

本性难移，斩钉截铁拒绝她

如果她有需要，每次付她三两块钱。这种人，收你十块钱已嫌贵了。房租要她自己给。

蔡澜先生：

你好，我遇到一些感情上的问题，希望你能给我一些意见，谢谢。

我快三十岁了。在我十九岁那年，我认识了一位比我大一岁的女孩子，恋爱两年之后，我俩就结了婚。婚后三年，由于她在事业上有点成就，财源滚滚来，就和我提出离婚。由于我当时收入低，没她那么有本事，被迫接受离婚的要求。

离婚之后，我很伤心，另一方面我更加努力工作。同一时间，我认识了一位女朋友，她对我很好，我俩相爱几年，打算在近期结婚。一切都准备好了，但最近我的前妻又打电话给我，说很挂念我，希望我能原谅她，能与她复合。

我的朋友告诉我，我的前妻由于事业失败才回来找我。

到现在，我对她仍有一点爱意。不可否认，她曾是我深爱过的人，我真是有点心软。但我已经有了一位女朋友，这样对她是否不公平呢？

现在，我真的不知道应该怎样做，请你给我一些宝贵的意见。

祝好！

汉明　上

汉明：

我最讨厌的就是那些有了钱就翻脸的女人。

你这个前妻连人都不算，是畜生。

她又回来找你。很好呀，免费和她来几次，然后一脚把她踢下床。

绝对别上这家伙的当。她事业失败后才回来找你，是不是太迟了一点？你要是心软，等到她事业一旦好转，就轮到她跟你“下床”了。

唉，一日夫妻百日恩。当然，你对她还是有点爱意啰。不过，这对你现在的女朋友绝对是不公平的。

你如果下不了狠心，那就赶紧和现在的女朋友结婚好了，让前妻绝望。还有，别忘记寄一张喜帖给她。

人性是不容易改的，这个前妻即便再求你，再说上几千次几万次“我错了，我后悔了，请你原谅我”也没用。

或者，你会骂我一点同情心也没有。

有时给意见，反会被当事人责备。这都怪你多事，写信来问东问西。如果你不肯听我的话，何必多此一举？浪费我的时间，也浪费你自己的感情。

斩钉截铁地拒绝她吧。如果我是你的新女友，看你这犹豫不决的样子，才不会要你呢。

你今年已快三十岁了，不是小孩了，爱情和婚姻，难道都可以说来就来说去就去？

想起她时，只想她的坏处就行，想她一有钱即刻做暴发户状，想她怎么样迫你离婚，想她冷言冷语地污辱你，说你是个穷光蛋、没出息。

她离开你之后，你以为她还会是个守贞操的烈女吗？不知道和多少个阿猫阿狗有染了，你想做三四五六七八手的旧情人吗？

或者你可以当面和她说：如果她有需要，每次付她三两块钱。这种人，收你十块钱已嫌贵了。房租要她自己给。

祝好！

记得，快点结婚吧，结婚就没那么多破事了。

蔡澜　上

老公与情人，如何抉择？

海阔天空，你要做什么就做什么。要做的话，现在就去做。二十七八岁的人，不算年轻了，这是你最后的机会。

蔡澜先生：

我很敬佩你回答问题的幽默及创意。我现在遇到了一个难题，希望你能帮我解决或给我一些意见。

我已婚八年。第一年，生活得很愉快，但随后发生了一件事，令我至今仍然很生气，不能原谅我的丈夫。这件事就是我爸爸的过世。他突然中风死亡，由事发到过世不到两个小时。我因没机会见父亲最后一面而感到很难过，但我丈夫却在这段时间经常外出，不顾我的感受。七年过去了，我还是不能释怀。我原以为可以原谅他，只要时间久一些便会忘怀，所以到现在还没离婚。无奈，事与愿违。我是否应继续这段婚姻？我亦因以上原因一直没有生孩子。

去年，我认识了一位小我两岁的男孩子（他二十五岁），我们是经朋友介绍认识的。后来我换工作，离职前，介绍人对我说，这个男孩子会移民到美国，最快两年后才会回来，自此我便没再找他。但半年后的今天，我因梦到他，一觉醒来便给他打电话，这才发现他根本没有去美国。可能很久没联络的关系，我俩只是在电话中寒暄了几句。我是否应对他解释一切？是否应该要求复合？半年前他不肯接我的电话，让我伤心了好一阵子，但我很快便控制住了自己的情绪，没有再太挂念他。今天与他谈了几句后，我发觉自己仍然爱他，如何才可以让我们和好？

对这段感情及多年的婚姻，我应如何取舍？从恋爱到现在，我跟丈夫已认识了十一年。我仍然爱丈夫，对丈夫好，有求必应，但他的表现令我对这段感情死了心。他是一个依赖性很强的人，婚前他有妈妈照顾，婚后有我照顾，他总是茶来伸手、饭来张口，没半点烦恼。我应如何取舍？

多谢回答！祝快乐！

善儿　上

善儿：

通常，对一个男人丧失感情，多半是因为他在外面有了女人。

你的例子很特别。你对丈夫失望，是因为在你父亲过世时，他没有好好地安慰你。但这不是一条死罪呀！

你为了这种事而不生孩子，对他的惩罚已经够了吧！

如果你确定自己不能原谅他，那么就离开他，免得双方都痛苦。

你认识的那个比你小两岁的男人，从一开始便不肯接你的电话，是因为你已是一个有夫之妇，不能怪他。对他的感情，从你信中看来，似乎是你的一厢情愿。如果他和你一样也感到爱的话，他会主动来找你的。

半年前，你能控制自己的情；半年后，仅仅为了和他谈了两句话，你的情就死灰复燃？这不过是一个幻觉。既然你以前能忘记他，现在不妨再试一次！

不然，你就把他找出来，谈个清楚。要是他真的爱你，你再考虑和现在的丈夫分开，也不迟呀！

你既然问我对这段婚姻应如何取舍，我的答案是按兵不动。

再给你丈夫一个机会，向他说明你对他的不满，看看他的反应，再做决定。

不放心他依赖性强的个性，表示你对他还存着一丝好感。十一年，并不是一段很短的时间，你有义务把事情说清楚后再离开他。

如果，你发现一切还是行不通，那么就一走了之，也许会有一个新的天地在等你。但是，绝对不能后悔，你要承担一切后果，更别用新男友来作理由。

海阔天空，你要做什么就什么。要做的话，现在就去做。二十七八岁的人，已不算年轻了，这是你最后的机会。

记住，你自己的选择，决定权在你手中。

蔡澜　上

当他透明吧，没有一种复仇比这还痛快

不怪他、不恨他的做法最对。当对方是透明的，没有一种复仇比这还要痛快。

蔡 Sir：

你好，奉承的说话不多说了。我有一件令我烦恼的事情，希望得到你的意见，谢谢。

我很快便到二十一岁了。我在十九岁那年结了婚，但不到一年，我俩就分道扬镳。分开的原因是：他经常打我、骂我，差不多每天都有。虽然我认识他的时候已经知道他有这个倾向，但我还是希望能够给他一个机会。可惜，他每次机会都没有珍惜，令我很失望。

分开的期间他也有向我道歉，并且说很后悔。我不太放心，于是雇用私家侦探查他的行踪。虽然这种行为不是太好，但我想知道他是否真的改过了。可惜，却让我查到一些出乎意料的事情：他竟然与一个比他大二十五岁的女人勾搭上。这个女人很早就失去丈夫（交通意外死亡），家境殷实。他们搭上已三个多月了。当我知道此事时有两个反应：一、很不开心；二、我可以完完全全放弃这个人了。

但直到现在，我仍会不时想起他。到明年的一月，我便可以正式跟他办理离婚手续。有时我会想，我曾经为他付出那么多，为何今时今日会是这样？我是不会后悔的，而且我也不会怪他或恨他，不知我这样做对不对？请给我一些意见。

祝好！

李敏　上

李敏：

你虽然只有二十一岁，但属于成熟且冷静的女人。

你十九岁的时候嫁错了人，决定和他离婚，当机立断。

骂女人、打女人的男人好不到哪里去。动手欺负比他更弱小的人，已然丧失了做人的资格。

和你分开的时候，他还常来道歉，这种所谓的后悔行为，主要是出自性欲。很多男人一开始决定永远不见一个女人，但等到兴起，还是要找回所有“有可能发生性行为的异性”作为发泄对象。这时，他们什么龟孙状都会扮得出，何况是一两句道歉的话。

你请私家侦探跟踪你丈夫，并不算太过分，是他不对嘛。奇怪的是，这个私家侦探居然帮你打听得一清二楚。我还一直以为，私家侦探大多是混饭吃的。有机会的话，你应该把他介绍给有需要的人。

男人搭上比他们大二十五岁的女人并不算奇。你丈夫的例子，还有理由说看上了对方的钱。我还听说过有些男人并不是为钱，他们就是喜欢比他们大很多岁的女人。

你知道真相后很不开心，这是很自然的反应。一日夫妻百日恩嘛，老人家都说过。

完全放弃这个人吧，这是明智的决定。你觉得曾经为他付出那么多，收获此般结果心有不甘。唉，当然不甘，不过还是认命吧。比起你在七老八十的时候再和他分开，你现在付出的只是一个很小的代价。

不怪他、不恨他的做法最对。当对方是透明的，没有一种复仇比这还要痛快。

你今年还不到二十一岁，有大把时间去结交另一个男朋友。但是，这一次可要小心，别再重复这样的错误。他打你，坏的是他，但当初你没有看清楚他的本质就嫁给他，是你处世经验太少，故不能说你自己一点责任也没有。有些女人会因为一次的婚姻失败而导致对婚姻的恐惧，这是对自己没有信心的表现。希望你不会。

祝好！

蔡澜　上

同居不代表一切

所谓爱得深，就是无条件地爱。你连让他去喝酒的机会都没有，也难怪他会反感。

蔡澜先生：

我十七岁生日的那个月，正式和他在一起。恋爱真的让人冲昏头脑，尤其像我这样的性格，一爱就爱得死心踏地。和他在一起只有一年，按说也没有理由爱得这样深。我还不到十八岁，在你眼中，可能只是一个幼稚无知的小女孩。我虽不是一个饱经风霜的人，但我相信，我一定比其他十七八岁的“小女孩”成熟得多。

我的过去实在不值一提，我不是坏透了的女孩，但也不是单纯的女孩。小时候读书时，我有很多追求者。我虽然在一群男孩子的爱护中成长，却不是恃宠而骄的女孩。直到遇上他，真令我感到伤感。其实不想提，但我实在需要你的帮助。刚和他在一起时，我总是对他呼呼喝喝，而他对我也唯命是从，对我无微不至，细心周到。恋爱不到两个星期，我已搬去和他同居。我活了十七年，第一次离开家人和自己喜欢的人一起生活，本应感到很开心，但“相见好，同住难”这句说话，用来形容我们这一对非常恰当。

他比我大五岁，理应是成熟的人。我错了，他仍玩心未够。我最受不了的是，他将我抛在家中出去玩。他不是去嫖（我对这点有绝对的信心，是绝对的信任），只是和朋友到酒吧喝酒，好几次喝到酩酊大醉，独个儿驾车回家，让我担心得要命。所以，每一次我都会跟他说，一定要等到他回来我才会睡，他说我这样会给他压力（其实我不是想给他压力，只是真的睡不着）。为了这件事，我跟他吵过很多次。有一次他跟我说：“淡了，你知道吗？”当时我心里一震，我害怕，我真的害怕。我害怕就此失去一切，只因我付出太多。

像我这样的十八岁的女孩，一个月可以赚到一万四五千元，不算少吧！但每个月却至少要给他一至二千元（他赚的比我少），有时更不止这个数。我不太爱钱，对自己所爱的人更是大方。我挖空心思去讨好他，什么事都维护着他。这么做不是在收买人心，而是用这种方式去关心自己所爱的人。但我所做的一切只是徒劳。虽然他依然细心，但我们的关系变差了。现在，我已搬回自己家里，心里很痛苦。对我来说，搬回家和分手根本无分别，虽然他对我仍是那么好。但在他来说，我对他再好，他只会觉得没什么了不起。我知道，他不想对我负责，不想照顾我的生活，但他也从没向我提出分手，为什么？

我知道，以我自己的条件，可以找个更好的，但我没有这样做，因为我知道，很难得才能找到一个自己真心爱的人。这样做，对吗？

有些问题是想请教你：

一、他爱我吗？我真的不知道，我只知自己真的很爱他。

二、我搬走，对我俩的感情是否会好一点呢？

三、若我真的想再和他一起住，还有办法吗？

匿名人　上

匿名人小姐：

十七八岁，在这个年代，已不算小的了。很多演员、运动健将、歌手，在这个年龄都已出道，不成名而默默耕耘的少女，更是不可胜数。年龄再也不是愚蠢行为的借口。

你一爱就爱得深，这种个性我倒是很喜欢的，但与时间的长短无关。有些女子，别说一年，甚至只经过一夜，爱的程度也和你一样。

虽然很不公平，可是二十二岁对一个男孩子来说，还是年轻的。你的男友出去和朋友喝喝酒，是理所当然的事。他还有更多的乐趣没有享受到，包括多几个女人。你这么“绑”住他，他当然会气得窒息。

所谓爱得深，就是无条件地爱，你连让他去喝酒的机会都没有，也难怪他会反感。情意淡了，也是必然的。

你说你付出的太多，多在哪里？这段感情不足一年，精神上的代价不足提。你给他一点钱，比起那些把一生都奉献出去的女人，又算什么？性爱是互相的欢乐，肉体的代价也不足提。

年轻人在经济条件没有稳定之前，不肯负感情的责任，是可以理解的。我从前也是一样，只要女人对我好，不代表不能继续交往的呀。在没有遇到一个比你更好的女人之前，你的男友又有什么理由跟你提出分手？

回答你的问题：

一、他爱你，只要你爱他，就能当他也爱你。

二、你搬走对你们都好，同居不代表一切。

三、如果你真的想和他在一起，别管束他。

我也相信，你可以找到更好的。那么为什么不去找？很难吗？一点也不难！对于你男友拿过你的钱的行为，我很不欣赏。好男人，是死都不肯拿的。

蔡澜　上

分手快乐

在最快乐时对方提出分手，是命运的安排

恋爱总是快乐的。在最快乐时对方提出分手，是命运的安排。少男少女，不是你提出分手就是他提出分手，这样游戏才好玩。

蔡澜先生：

你好，我叫凯迪，看你的专栏已经很长时间了。我觉得你给读者的回复很有见解，所以写信请你帮我解决这个藏在心底许久的问题，谢谢！

先说说我自己吧！我是一个高中一年级的学生，开学不久，我便认识了一个邻班的转校生。很快,他对我展开追求。其实,自认识他,我便对他产生了好感,所以顺理成章地和他谈朋友。我和他的感情非常好,他很疼我、关心我,但也有很多朋友说他很花心,劝我小心些,不要太投入。

他虽不是我的初恋,但在经历过上一段令我伤心的恋情后,我很期待这段情可以更长久些。可惜,在我感觉最快乐的时候,他却向我提出分手。原来,他真的很花心,喜欢上了一个和我从小玩到大的同学。这次的失恋比上次更令我伤心、痛苦,我感到自己很没用。

现在,我已开始面对现实,更希望和他再做朋友。可惜天意弄人,他好像不想再理我。有时与他倾谈,彼此有点不好意思。我真的很想和他成为朋友。他的生日快到了,我是否应给他送礼物呢?是亲自送还是托朋友帮忙呢?我们能否恢复朋友关系呢?

祝生活愉快,工作顺利。

凯迪　上

凯迪：

谢谢你的支持，我尽量以最坦诚的话去回复读者的来信。

高中一年级的学生，爱上邻班同学，很正常呀！虽说很多父母不赞成儿女在学校谈恋爱，但这种事每天都会发生，想阻止也阻止不了的。

小男孩小女孩，花心，也是一件正常的事；不花心，一贯始终，到最后，男女都会自怨自艾地说，为什么第一次就是他？却不知道还有一个更广阔的世界……总之，人类永远不会满足。

恋爱总是快乐的。在最快乐时对方提出分手，是命运的安排。少男少女，不是你提出分手就是他提出分手，这样游戏才好玩。

在恋爱中，任何人的任何意见和劝告都是没有用的。这个人花心？不会，他对我一定不会，我们这次是不同的。恋爱中的人一定这么想。因为恋爱中的人是特别幸福的，反该劝那些在一旁劝说的人——少说废话。

失恋的人都怪自己没有用。这帮不了自己，也解决不了问题，不如把责怪自己的感觉化成一股力量，勇敢地找别人恋爱。

他爱上一个和你从小玩到大的女孩子，你为什么不去找一个和他从小玩到大的男孩子来报仇呢？

人家说，女人比较狠心，一去不回头，男人何尝不是一样？凡是人类，都有这样的心态，不是男人特别好或女人特别坏，两者半斤八两。

人家不要你，你再去找他做朋友干什么？是不是你长得很丑？

他不是你的初恋，证明至少有两个男孩子喜欢过你，所以你也不会丑到哪里去。

为了区区一两个小男孩而受伤，还要为他选择什么礼物。我要是你，把礼物丢进阴沟也不送给他。

死缠住一个男人，羞羞。请努力做一个好女孩吧。

祝好！

蔡澜　上

青春无敌不用怕，离开他吧！

现代爱情与友情的分别：你会为了爱情去死，你不会为一个朋友去死。

蔡澜先生：

你好，客套话不多说。我今年十七岁，爱上了一个人。

他是我的小学同学，是一个单纯的男孩子。前不久，他跟女友分手。他们互相不联络导致双方感情转淡，而这段互不联络的时间长达一年之久。直到两个月前我和他开始约会时，他们仍未说分手。于是，我要求他跟前女友提出分手，他亦应允了。不过，他常向我讲述其与前女友相处的情景。他说，这样做是想让我多了解他一点。

我曾问他，与我在一起开心还是与前女友一起开心？他犹豫了一会儿，说与我一起开心多一点点。我听后很不高兴，但表面仍装作开心。我自问对他很好，但仍觉他更怀念其前女友。

的确，他对我无微不至，可是我知道，他对其前女友也是如此，甚至有过之而无不及，令我感到自己的地位不如其前女友，十分失败。另外，相处两个多月后，我发现他有很多缺点。他十分孩子气，没时间陪他时他会发脾气；在我失意时，他不懂安慰我。我终于忍不住写了一封信给他，提出分手。大家都说我太冲动，应给他一个改过的机会，但我没有。即使他哭着要我原谅他，我也没有改变决定。他埋怨我为什么不将内心话提早说出，现在说分手便分手，太儿戏了。他又说，他对我是无条件，为何我对他有诸多要求。

我相信，即便我多给他一次机会，他也不会改变多少。不过，我仍关心他，我寂寞时仍想见他。该如何分辨爱情与友情？爱是否真的是无条件地付出？男人是否对每个爱过的女人（尤其是初恋）心怀眷恋？

分手期间可否继续做朋友？他说可以。前天，我们与一大群朋友出来玩，他仍表现得很关心我。难道是我太不知足？

祝好！

虫虫　上

虫虫：

读你的来信，可以看出你是一位个性很强的女孩，这是值得赞扬的。

你感到男友对你的爱不够，缺点太多，于是与他分开，且不给他多一次机会，这做得不错。

是的，男人不是那么容易改变的，与其忍耐，不如一刀两断来得干脆。

现在和大家在一起，他仍然对你好，你就接受他的好意吧！在没有其他男朋友出现之前，不必拒人于千里之外。

男人对他的初恋，是不容易忘怀的。如果已经有了新欢，还一直提他的旧爱，那就代表这个人还不成熟，毛病大得很。

女人一直追问男友的过去，也是不成熟的表现，自己的毛病往往不容易发觉。

你对他的成见已深，即使他已完全忘记旧情人，在你看来，还会以为他忘不了。因为你和“过去”比较，是不可能打胜仗的。所以说，你决心离开他做得很对。

你已不再爱他，关心是应该有的，但关心不能持久。

现代爱情与友情的分别：你会为了爱情去死，你不会为一个朋友去死。小说中为友人牺牲的情节，现今已不流行了。

你不必再烦恼下去，应该把精力用在学业上。虽然对怀春少女来说，这是难以做到的。如果一定要爱情，就去找个新男朋友吧。

你不会告诉我，你找不到吧？如果你用这理由作借口，那你可能长得很丑，丑到没人要。

十八岁没丑女。你们有的是青春，这是你们的本钱。珍惜青春，这十几年很快就过去了。

祝好！

蔡澜　上

一个“恨嫁”的女人，是很可怕的

婚姻这回事，只能两厢情愿，要不然迟早完蛋，不如不玩。一对情侣并不一定要完全坦诚相对，保留一些自己的秘密，绝不是滔天之罪。

蔡澜先生：

你好！近来，我发觉自己有性冷淡的趋向。以前与男朋友每周都会发生两三次性行为，但自从与他分手后，什么兴趣都没有了。其实我还很爱他，可是他一次又一次地令我失望。

这世界仿佛和我开了一个玩笑。为什么这样说？以往，我抱着玩世不恭的态度和他相处，能轻而易举地得到他的爱。但当我一心一意与他交往并打算结婚时，才知道他有很多事一直瞒着我，这让我十分伤心。

我知道，每个人都会说谎，我自己也曾说谎欺骗别人。但是，一对情侣难道不应该坦诚相对吗？如果大小事都互相瞒骗，还有什么意思？大家相聚的五年，难道就是为了欺骗对方吗？

坦白地说，以前年纪小，经常说谎，瞒着男朋友、家人出去玩。现在长大了，思想成熟了，知道在某些情况下，无伤大雅的谎话说说也无妨，但要适可而止。如果你是我，你会不会不介意男朋友骗自己去赌钱、借钱、追女孩子，欺骗自己的感情，甚至是肉体的欢愉？老实说，我很介意，我决定离开他。

最可恨的是，离开他已一个月，我仍然很想念他。蔡澜先生，我好像有一些报复心理，很想玩弄他一次，但是我很矛盾，始终没有勇气去做，觉得好像很无聊。我应该怎样做才会令自己好过些？我对其他追求者一点兴趣也没有，怎么办？

雯雯　上

雯雯：

说谎话是人的天性，在有必要的时候自然就会说；没那个需要的，像森林中的土人，就不必说谎话了。

学校中、家庭里的人都教我们别说谎话，结果撒谎往往是他们最拿手的。

说谎话是一个事实，但事实是不用说谎话来解释的。

尽量不要伤害到对方就是。

在一个时期内没有性行为，是非常正常的，没有什么大不了。这并不代表你会因此而性冷淡。对年轻的男人来说，这是比较难的，但也仅限于某一类“天生来播种”的男人。有些男人和女人一样，很长一段时间没有性行为也不要紧。

对这个屡次令你失望的男朋友，你仍是想念，那是因为你没有更多的选择。没有新的男朋友，才会想旧的那一个。多交几个男朋友吧！别以为这是做不到的，很多女人都有过类似成功的例子。

一个“恨嫁”的女人，是很可怕的。

婚姻这回事，只能两厢情愿，要不然迟早完蛋，不如不玩。

一对情侣并不一定要完全坦诚相对，保留一些自己的秘密，绝对不是滔天之罪。

互相欺骗，别太过分，也属于游戏的一部分。长大后，对有些事，宁愿听到对方的谎言，也不愿意接受残酷的事实。

报复是最蠢的。要报仇，一定要先有计划；一计划，痛苦的事又重现。计划得越周详，痛苦越深，何必呢？

继续说谎话吧！甚至可以骗自己他已不存在。这时谎话已不是谎话，已是事实。

祝好！

蔡澜　上

忘不了，是因为你不想忘

要忘记一个男人，是很容易的事，身边的阿猫阿狗，随便爱一个，就可以忘记他。忘不了，是因为你不想忘。

蔡澜先生：

你好！希望你能帮我摆脱烦恼。

我与男朋友分手已有几个月，当时并没有大哭大叫，只是难受极了。分手的原因连自己都不知道。相恋时他很少主动找我，就算在一些节日里，也是各玩各的。到后来，我发觉不可以继续下去，所以约他出来说清楚。岂料，我还未开口，他却先提出分手——他在语音信箱留下分手的口讯，连见面的机会也没给，就此散了。

我没有挽留这段感情，因为我知道他已不再爱我，否则他不会这样对我。在朋友面前，我可以做到暂时忘记他，开怀大笑，好像很洒脱；但其实我并不太成功，亦放不下这段感情。每当夜深人静时，我便会想起他。想起以往与他一起的片段，我会禁不住哭起来。每次路经以往与他一起走过的路，我也会想起以前的片段。

老实说，我非常害怕在街上碰见他或是见到他拉着其他女孩，我不知道该如何面对。

我想问你，我应该怎么办？怎样才可以忘记他？

Rachel 上

Rachel：

爱一个人，但他不理睬你；你想忘记，但是忘不了。

忘记不了，是因为你没有遇到一个能让你忘记前任的人。

天地间多少山盟海誓的爱情，最后都以失败收场。这些男女都去跳海了吗？不，他们都好好地生存了下去，他们都会找到一个归宿，度过余年。虽然，他们未必忘记以前的伟大恋爱。

把爱情说得那么伟大，其实应该为情牺牲，失恋的人去做和尚、尼姑！幸好，大家都只是说说罢了，要不然世间会充满尼姑、和尚。

我们生活在一个物质社会里，有了钱，身边的朋友一定很多，到各地去旅行也不成问题。有那么多美好的地方可游，哪会碰上什么前男友和他的新女友呢？

你想忘记也很容易，拼命去追求金钱好了。赚到钱之后，做一个购物狂，买买买，这比恋爱更能让人习惯。

也许，你不是那样的俗人。好，不要钱，也可以享受。

你可学习插花、陶艺、书法。艺术能消磨你很多时间，你不会再感到寂寞。

如果你没有艺术细胞，那么学烧菜好了。烧得一手好菜，男人尝了非要娶你不可，到时，你要多少男人就有多少。

什么都不会，也不要紧。懂得温柔，这总会吧？

女人一温柔，男人便会融化。我看你最好去当护士。

做护士总能找到老公。独身的男病人，在躯体和精神最脆弱的时候，身边出现你这样一个人来照顾，他们会心怀满满的好感。不管美丑，只要你对他好，待他康复之后，一定要娶你当老婆。

要忘记一个男人，是很容易的事，身边的阿猫阿狗，随便爱一个，就可以忘记他。忘不了，是因为你不想忘。你不想忘，神仙也救不了你。

祝好！

蔡澜　上

断了，才有新的

如果不想被感情伤害，那最好让别人为你苦恼。自己潇洒一点，忘记从前的痛苦，尽量追求快乐。

蔡澜先生：

你好！很久以前已给你写过一封信，但你没回复，希望这次你可回复我。我被一件麻烦事困扰着，心中非常痛苦。

半年前，我和男朋友分手，原因是他见异思迁。这件事令我痛苦不堪，并在心里留下阴影，变得不再信任男人，觉得凡是男人都会伤害女人。

一个月前，我认识了一个叫阿威的男子，并与他建立了恋爱关系。最初我很高兴，向往着甜蜜生活，但阿威对我若即若离，并不太重视我，这令我很紧张，亦很害怕会再次跌进深渊。

阿威很重视家庭和朋友，对爱情却一直抱着可有可无的态度。他很少给我打电话，理由是他在深夜才会有空，但我在深夜时却不能听电话，因为家人会不满。他不约我上街，所谓的解释就是我和他的朋友合不来，勉强一起玩，会令我很闷，去了也无话说。但我跟他的朋友在一起并不觉得闷。所以，我和他没有多少机会见面。

请蔡澜先生替我解答以下问题：

一、他爱不爱我？

二、我应该怎样对待他？

三、我是否应和他分手？

四、他不给我打电话，我找他可以吗？（我很固执，他不找我，我也不会找他）

五、他在我心里已占了一个位置，我可以放弃他，但我不想。我该怎样做，才不会“再一次被情伤”？

一个愚蠢极了的奇异果　上

奇异果：

对不起，没回复你之前写给我的信。

你的字很工整，另外你在签名后面还画了个公仔，可见你的年纪很小。长大的人是不会画公仔的，除了那些永远十八岁的“歌星”。

闲话少说，回答你的问题：

一、阿威并不爱你。在并没有造成太大的伤害之前，你去多找几个男朋友吧！别说“失意留下阴影，不再相信男人”的话。你不是告诉我又喜欢阿威了吗？如果那个阴影那么厉害，你看到男人就会怕，哪会再爱另一个人？这证明你还有能力一次又一次地恋爱下去。

二、你要离开他，干什么还要问怎样对待他才好？这种爱理不理、死洋怪气的男人，躲避还来不及，何必对他好？

三、在第一题已回答过，不再赘言。

四、你既然是一个“硬骨头”的女子，想不打电话给他就不打电话给他，不必后悔，也不必想得太多。否则，一切都是多余的。

五、他在你心中的地位，现在可能很高，但当你认识了新的男朋友，他的地位会一天一天地低下去。

你不想放弃他，也行。但这并不代表你不可以“一只脚踏两只船”呀！

如果不想被感情伤害，那最好是让别人为你苦恼。自己潇洒一点，忘记从前的痛苦，尽量追求快乐。

你可以最后一次地给阿威打电话，说你对他有意思，看他有什么反应。如果他还犹豫，就干脆一刀两断。那时，你会发觉，一刀两断是很好用的。

断了，才有新的。

祝好！

蔡澜　上

没有失败的初恋，怎能得到更伟大的恋爱？

他是你的初恋，连拥抱也没有过，不算是太伟大的初恋，外国人称之为“小狗恋”，所以伤心也不会太厉害的。

蔡澜先生：

你好！我是一个即将面临高考的学生。近来刚刚与相恋了四个月的他分手，我的心情有些反复不定。

老实说，我非常爱他，甚至可以为他牺牲我的时间、金钱、朋友……可是他却不愿去为我付出，非常自私。他说一直都在爱着我，只是忍受不了我的任性及令他窒息的爱。太多的爱是否会令对方生厌呢？我很想知道。我与他刚交往时非常开心，虽然没有什么浪漫经典的场面，也从没有紧紧地相拥过，但是那段爱情却平淡得温馨、舒服，令人如沐春风。很遗憾，这些感觉在两个月后消失得一干二净。每次想起他，总不明白他为何要如此待我，让我没有心情读书。

我曾与他吵架，数落他的不是，也问过他为何对我冷淡，他总叫我不要乱想。我俩争论的话题，总与他身一个女性好友有关。他有个很要好的女性好友，他俩常常上街，却没我的份儿。他一直不满我干涉他与那女性好友的来往，其实我只想多点时间和他在一起。

每当我、他及那个女孩在一起时，他待那女孩总是好过待我，帮她提袋、拿东西，与她有说不完的话题，而我则只有沉默及心酸。我忍不住和他提出分手，他说不如再给大家一次机会，再尝试下。我不肯，因我知就算在一起，大家也不会快乐。最后，他说不如做好朋友，我答应了！可是，我知道这也是不可能的，我不能与刚分了手又深爱着的人做好朋友。

过后的几天，我心情很沮丧，同学们都认为我们不可能那么快便结束。也有人认为这是我的报应，因我令他成绩变差。回到学校，我感受到很大的压力，很辛苦。而他，依旧与友人玩乐说笑，很快乐似的。我心里很难受，因为我仍在乎他。至于那个女孩，每次见到我，她都露出一副很虚伪的笑容。以前的她不是这样的。

现在，我仍很伤心，每次见到他，内心都会绞痛。他对我说话，我很开心，可是过后又有点不安，原来我一直忘不了他。

请问，我该如何忘记他呢？我该如何集中精神在书本上呢？我俩及其同学在同一个义工团，以后要时常一起工作、见面，我应如何面对他呢？

祝安好！

冬冬　上

冬冬：

本来，我不同情那些一爱上对方就问长问短的女孩子，读来信，了解到同学们都在笑你，你受到很大压力，很辛苦。

好，就破个例，靠向你这一边吧！

很显然，这个男的喜欢他身边那个女友多过喜欢你。他们有共同的话题，对她好是顺理成章的事。

他和你在一起度过一段时光，发现你和他的兴趣相差太远，就慢慢地与你疏离。这是任何人都会做的。试想，如果你是他，也会做同样的事。

虽然你口是心非，但分手是由你提出来的，就接受这个结果吧！你也知道，勉强在一起，大家都不会快乐，那么你还伤心干什么？

他是你的初恋，连拥抱也没有过，不算是太伟大的初恋，外国人称之为“小狗恋”，所以伤心也不会太厉害的。

只因为这种伤心是你第一次的尝试，所以才觉得很苦恼、很困扰，就像小狗离开了母亲，第一次没东西吃，肚子饿了，就拼命汪汪乱吠一样，没什么大不了。

也许这么想会令你好过一些。

没有失败的初恋，怎能得到其他更多更伟大的恋爱呢？

每个人的初恋都成功，天下事就太过单调了，伟大的诗歌和话剧也不会产生。

要忘记他很容易，找第二次的初恋不就行吗？把这一次忘掉，下一次还是初恋呀！每天都在初恋，不知多好玩。

现在，如果还会有个人能教会你怎么集中精神在课本上，那么这个人一定是神仙。

你们遇到初恋，都不会玩手段。何谓玩手段？那就是对方抛弃你，你也把他当成透明的；虽然在一起，但视而不见；心里多想与他在一起，也要假想成不关心。渐渐地，对方会对你更好一些。这一招虽然是险招，但很管用，不妨试试！

祝好！

蔡澜　上

没有一样东西比失去的东西更可爱

愚蠢只是一个观点和角度，老成的人认为年轻人愚蠢，而年轻人并不觉得自己愚蠢，那就不愚蠢了。

蔡先生：

你好！我是一个十八岁的女学生。我一直看你的书，看到好多人向你讨教一些愚笨的爱情问题，我也感到很有趣。可是，今天终于轮到我自己遇到爱情问题了。跟其他读者一样，我也忍不住向你讨教。

我的“烦恼”，说穿了只是庸人自扰，但它却令我很痛苦！我花心、多情、好胜，但又有一点点长情。我有一个男朋友，他叫阿伟，是一个特别的人，细心、浪漫又深情。除了不够帅、不够高外，吸引女孩的一切元素他都具备了。我对他很满意，只要与他一起，我便会有幸福的感觉。但有一件事，令我十分苦恼，那便是我还喜欢我从前的男朋友——阿俊。我会时常惦念他，想起从前，那种感觉很可怕呢！

我曾经深爱过这个人，却不能拥有他。他虽然粗心大意、古板、没情趣、懦弱，但每当我想起从前的温馨时光，我便会为失去他而难过。当初，是我跟他说分手的。我们相恋两年，只吻过四次，拉手也不超过十次。虽然我们已经互相“见过家长”，而且还讲好了二十四岁结婚，但他却只对我说过一次“我爱你”。他甚至连在朋友面前承认我是他女友也不敢，所以在遇见阿伟后，我便决定跟他分手。我想知道，他是否会为我而伤心？

但我似乎失败了，分手对他来说虽有少许痛苦，却换来了解放，我解放了他。而我，本以为会比从前快乐，怎料却是更加痛苦。因为我想念他，失去他的那种滋味太不好受了！

我知道我的“烦恼”是很无谓的，但当局者迷，当局者又如何会知道怎样去解决问题呢？虽然旁观者也可能“迷”，你们或许感受不到我的痛苦和困扰，期望蔡先生能尽力替我解开心中的结。期望你会站在我的立场想想，一个失去最爱的人是多么的苦恼！

噢！还有一个冒昧的问题。请问，如何才能成为一位作家或一位专栏作者呢？蔡先生，可否给我一些意见？谢谢！

祝生活愉快！

等着你回复的人白羊座 Aries　上

白羊座 Aries 小姐：

你的爱情问题我也经历过，没什么愚蠢的。愚蠢只是一个观点和角度，老成的人认为年轻人愚蠢，而年轻人本身并不觉得自己愚蠢，那就不愚蠢了。

没有一样东西比失去的东西更可爱。

越是无法挽回，越想留住它。

分手也是你提出的。一个男人无端地被你拒绝了，当然会伤心。你现在也在伤害自己。解决问题的唯一办法是和他见一次面，当面问他还能不能接受你。

我发觉，你们的许多烦恼，都源于不肯去面对。何不当面说个一清二楚，成功最好，失败了也能死了那条心呀！

你的痛苦我能感受，我只是不赞同你现在的这种做法。

“打破砂锅问到底”，是不是绝对没有挽回的余地？对方如果回答是，那就哭一场好了。

哭后，收拾好那颗破碎的心，再去轰轰烈烈地爱另一个。

如果对方回答不是，那么一切从头开始。忘记以前的不愉快，一切都会清清爽爽起来。

要是你没有勇气去问这个问题，那就将答案视为否定的，否则你的烦恼永远不会有尽头。

想当一个作家很容易。你把现在的痛苦感受写下来，甚至可以把任何事都记录下来，久而久之，文章便通顺了。

少女的恋爱经验，有很多人爱读。法国有位叫莎岗（弗朗索瓦兹·萨冈）的女作家，她就是靠描写初恋起家的。

但是，有个危机：你写来写去只有一两段感情，文思很快会枯干。

你如果有兴趣成为作家，你就不应该过于缅怀过去。这不是教你滥交，你理想中的男人，还可以在许多小说的主角中去寻求，从数不清的传记和历史人物中去结识。到时候，就算你只有一两段感情，也会写出灿烂的爱情故事。相信我，很多成功的女作家，终其一生，并没被多少男人爱过。

祝好！

蔡澜　上

忘不了和爱，是两回事

女人不应该和她第一次发生性关系的男人纠缠不清，不管在肉体上还是精神上。

蔡澜先生：

你好！客气话不多说了，让我说说我的爱情烦恼吧！

我今年十八岁，至今只谈过一次恋爱。我的初恋发生在十五岁，他的名字叫龙，比我大六岁。我和他曾发生过关系，但后来在我父亲的反对下分开了。我和他之间的感情只维持了数个月。

可能是因为这次失恋对我的打击太大，至今我仍未接受其他男孩。我亦没有暗恋别人，即使有也是一瞬间的事。我对龙还是念念不忘。

最近，龙来找我，我没理他，之后他便没有再找我。

请你帮我解答以下问题：

一、龙为什么要隔数年后才来找我呢？

二、龙还爱我吗？

三、我是否很傻？白白等他，当他来找我时我又不理会他。

四、我是否应给他打电话？

谢谢你。

敏　上

敏：

我看不出你有什么烦恼。

你只有十八岁罢了，还有大把时间去谈恋爱，这种事急也急不来。很奇怪地，忽然会有那么一个人出现在你的眼前，让你怦然心动。你会再次坠入爱河，以前的事就完全忘记了，包括阿龙在内。

女人不应该和她第一次发生性关系的男人纠缠不清，不管在肉体上还是精神上。你的父亲一反对，你便和阿龙分开了，这表现出你是理智的、听话的。

另一方面，也说明女人比男人更绝情。他给你打电话，你不接听，实在是断绝得够斩钉截铁。

男人也许会一时淡出，但当他们寂寞时，免不了会想起那个为他们献出初夜的女孩子，于是就打电话给她。这是很犯贱的行为，但大多数男子都是这样，令人无可奈何。

你不能接受其他追求者，绝对不是因为阿龙给你的打击太大，而是你身边的追求者让你看不上眼罢了。

回答你的问题：

（一）因为阿龙隔数年才想起你，所以就隔数年才给你打电话啰！

（二）阿龙已经不爱你了。他留恋的，是一件过往的事。

（三）你没有“白白等他”呀！你根本就没接听过他的电话，有什么资格说是等他？真正的等，是要与对方有个承诺：某年某月某日再见，那才是等。还有一种等待，是忍耐着，希望对方回心转意。就你的例子，是你主动离开阿龙的，怎能把责任推到他身上呢？

（四）你还爱他的话，就给他打电话。不过，看你那么绝情，还是算了吧，多一事不如少一事。倘若你们又重修旧好，你父亲再一次反对，得到的还将是同样的结果。

你爱的不是阿龙，你只是回忆起和他上床的那种感觉，忘不了罢了！

忘不了和爱，是两回事。

祝好！

蔡澜　上

爱上一个人，哪有自尊？

缘分是存在的，时间、地点须配合得很好，一个人才会爱上另一个人。

怎么会只有男人给女人写信，而没有女人给男人写信的道理？什么叫尊严？爱上一个人，谈什么自尊？

蔡澜先生：

十个月前，在一次偶然的机会下，我认识了一位男士。我被他的笑容及美妙的声音吸引着，对他一见钟情，但始终不敢对他表白。

直至今年年初，我鼓起勇气给他写了一封信，表白爱意。结果，他回信说："不能接受你的关心。"三个月后，我参加某个课程培训，遇到他的三位同事。他们常望着我小声讲、大声笑，更不断提起那位男士的名字，其中一个女同事所说的每句话都含有嘲笑我的意思。我虽然很气愤，但还是坚持上完了培训课。

蔡先生，我给他写信表白是否很蠢？

写信给男孩子是不是很没有尊严的事？他把我写给他的信给别人看，人格是否太差？

我很想继续进修这门课程，却没勇气面对这三人的冷嘲热讽，我还可以继续上课吗？

乐敏　上

乐敏：

你写信向心爱的人示爱，这是积极的行为，证明你做人够胆量，万事亲自争取，是一位很难得的女性。

“女权运动”不时被一些人提及，但说到实践，却很难找到一个像你那么敢作敢为的女性。

首先，你要了解，你有权向人提要求，但对方也有权拒绝你的要求。

这个人回信说“不能接受你的关心”，并不代表你有什么外貌或内心的缺点。缘分是存在的，时间、地点须配合好，一个人才会爱上另一个。爱就爱，不爱就不爱。

对方有权利拒绝你的要求，也有权利把你的话告诉别人，这是你豁出去的赌注。豁出去了，就不必怕人家在你背后闲言闲语。

不过，这个男人这么做，终归是不够风度的，更不值得你去爱。好在他一早就暴露了他的缺点。要是你把整个人交了给他，那才更难过呢！

至于参加课程所遇到的那三个人，他们也有权嘲笑你。反正要嘲笑的话，不笑你这个，就笑你那个。你当他们是透明的不就行了吗？你越难过，他们就越快意。

避开他们也好。同样的课程，肯定不止这一个，你何必死都要去上这门课？

再回答你的问题，已是重复。

一、你写信给他，绝对不蠢。写了，他拒绝了，总可以了结一桩心事。不写，不求证，一生总觉得是件憾事，那才是不值得的。

二、女人写信给男人和男人写信给女人，完全正常。怎么会只有男人给女人写信，而没有女人给男人写信的道理？什么叫尊严？爱上一个人，哪有自尊？哪有威严？

三、他的人格的确太差，算了吧！世上有大把的男子呢，依你进取的个性，一定会遇到一个比他更好的。

四、不必再上这门课。

祝好！

蔡澜　上

得不到的东西最好，最难忘怀

只有一个女友，能够称得上“经历不少”吗？如果“经历不少”，就不会为一个女人而烦恼了。

蔡澜先生：

你好！小弟一直都在看你的专栏，对先生颇为佩服。得幸知晓他人的内心世界，情如雾中花，迷迷糊糊！

小弟颇好杯中物（只是啤酒），为爱、为恨、为喜、为悲，总有它相伴，独爱那种似醉非醉的感觉。独坐在漆黑的房中，自言自语，发泄内心的压力，仿佛这世界只有我一个，感觉很好！

小弟今年二十二岁，虽然涉世未深，但也经历不少。生离死别，点滴在心头！

小弟一直未能忘记以前的女朋友。与她相识于几年前，她比我小五岁，很纯真，也很可爱（与她相识，才知道什么是可爱）。我们两小无猜，她很依赖我，我毫无保留地付出自己最真诚的爱，彼此互励互勉，一起成长。

她的家庭不美满，父母不和。我下定决心，努力向上，唯愿将来可给她带来美满幸福的日子，也希望可填补她自小缺乏爱的心灵！

好景不长，不久，她整个人变了。原来，她认识了一班有钱的朋友，对我反感，嫌弃我贫穷。她居然要我在三个月内变得有钱，事业也有所成就，这不是比登天还难吗？我非常心痛，无比自卑，从她的眼中再也看不到以往我们在一起的快乐，我知道我已经失去了她！

之后的一段时间，我经常去她的工作地方恳求她回心转意，请她多给我一些时间让我证明自己，但是于事无补。

旧事重提，历历在目，让人无尽唏嘘！她的无情离去，也让我在痛苦中更加努力挣扎，希望有出人头地的一天，用事实告诉她，一时的贫穷并不代表永远贫穷。现在，我还在努力中。先生，个中滋味真是不好受。

事到如今，我仍忘不了她，总想象她还在我身旁，自言自语地和她说话。朋友都说，我一直在缅怀以前纯真的她，而不是现在的她。我明白，但仍无法自拔。我经常回忆起她的一颦一笑、明亮的大眼睛、婴儿般纯真的面容以及她唱给我听的歌儿。

我也曾怨恨她贪慕虚荣，但现在不会了。“良禽择木而栖”，我明白的！但我忘不了一切的一切。先生，可否给小弟一些高见呢？热切期待中！

祝平安！

家达达也　上

家达达也：

嗜杯中物者，很难把个中乐趣用文字形容出来，你算是可以做到这点的，佩服佩服！

二十二岁的人，自称“经历不少”，这也是喝酒喝出来的胆量吧！

几年前认识的女朋友，究竟是几年？不知道是多少，那就算三年吧。她比你小五岁，你今年二十二岁，减三等于十九岁，而她当年只是十四岁。你和她交往的这几年算你侥幸，要不然就犯了官司。倘若你与未成年少女发生关系，至少要坐几年牢。

不过还好，你说你们是两小无猜的那种。既然只是搭肩膀、牵牵手的友谊，表明还没有爱得那么深，有药可医。

常言道，得不到的东西最好，最难忘怀。这是你的致命伤。一天不解决，你就一天天痛苦下去。

至于用什么方法最好，我已经不知道说过几百次了：多认识几个女朋友，就能忘记以前的女朋友。

你只有一个女友，能够称得上“经历不少”吗？如果“经历不少”，就不会为一个女人而烦恼了。

你问我的意见，我认为只有这一条路可走，其他办法都没有用。

当你有了另外的女友，你一定会认可我的忠告。

你会发现，有很多女子，也曾爱上一个曾经纯洁、后来变心的男友。这时两人话题一对上，感情便一发不可收拾。

到这个时候，你就会发现，这世上有好多好多的女人，比你那个前女友有趣得多。

祝好！

蔡澜　上

生活琐事

完美的人生，是如何对自己更好一点

婚姻是人类发明的一种制度，不是大自然的规律，遵守它，是遵守别人想出来的一种概念。不理会它，是自己的决定，不是罪恶。

蔡澜先生：

十年前，当我还是一个十五岁的中学生时，我已不快乐，因经我常要去医院检查身体、做手术。那时，我已知自己失去生育能力，但从未为此而哭。中学时代，看见人家成双成对的，我极其羡慕。到二十岁时，我终于找到一个自己深爱的人。但那又怎样，越爱他，我越不得不跟他分手。于是，我找借口离开了他，他当时恨透了我。在我从他的世界消失之前，他已交了一个女朋友，至今他们还在一起。

我衷心地祝福他们。

两年后，在朋友的介绍下，我认识了他。一开始，我们便已知双方没有将来，彼此过着偷偷摸摸的生活。有时觉得很辛苦，但越是这样，我越是爱他。他爱我吗？我也不太清楚。他非常介意我与其他异性约会。他希望我每天下班后便回家，但不等于他每晚会给我打电话。这些是“没有爱的自私”，还是“有爱的妒忌”？

有时候，他会告诉我，他与前女朋友一起吃饭云云，并问我是否会心痛，而我每次只是一笑置之。其实，我心里不是没反应，只是不想让他看穿而已。

蔡澜先生，男人是否会宠爱把第一次（处女身）奉献给他的女人呢？他会难忘吗？珍惜吗？他对我是真情付出还是玩弄感情？怎样都好，我始终很爱他。越是爱他，我越是害怕将来会伤得更重。不能与他结婚，这是改变不了的事实。是否真的要有第三者出现才能让我放弃他？或是，我正在期待他有新女朋友？我是否就这样完蛋了？我很想哭，但哭不出来，只有心痛。

蔡澜先生，教教我该怎样做吧！我没有支持者，我身边的亲人常劝我努力工作，年老时自己照顾自己，结婚的事不要去想……真的要这样过一生？那我宁愿只活到三十五岁！

不懂哭的人　上

不懂哭的人：

你是一个很好的女人。

你没有支持者，我来支持你好了。

一个不能生育的女人，并不代表一切都完蛋了，你的缺点是太过迂腐。多少人因为怀孕而拿掉小生命！不能生育？有些人还求之不得呢！一个男人如果因为没有子嗣而抛弃女人，那么这种人爱不得，也不值得爱。

快乐的单身女郎有很多。女人不一定要嫁人才有完美的人生。完美的人生，是如何对自己更好一点，对别人好一点。婚姻是人类发明的一种制度，不是大自然的规律，遵守它，是遵守别人想出来的一种概念。不理会它，是自己的决定，不是罪恶。

第一个男朋友离去，你扛了下来。第二个男朋友若再走掉，你也不会因此而丧命。即便是第十八个男朋友离开，日子也是一样过，人总得活下去。

如果和现在的男友不能分开，那就认命吧。偷偷摸摸的生活，好过寂寂寞寞的生活，你说是不是？

你说有苦有甜，那么把注意力放在甜的方面吧！

你问我，男人叫女人等他，这是“没有爱的自私”还是“有爱的妒忌”？

那么，如果男人不叫女人等他，女人是不是又会抱怨男人对她毫不关心？

爱情，永远是如此矛盾。

回答你的问题：

一、男人是会记得把第一次奉献给他的女子。因为，男人一生中，不会遇到太多的处女。

二、只要你爱他，管他什么难忘、珍惜、真假呢？

三、相信我，有很多男人，是不想要子女的。我就是其中的一个。

蔡澜　上

伟大的初恋，少女情怀总是诗

少女情怀总是诗，只要你肯下笔，写出来的东西，必定是感情丰富的好文章。

亲爱的蔡澜先生：

你好，我是一个刚考完A-Level的少女，现有一些问题想向你请教。

我原本读的是女校，后来转到一所男校。刚开始真的有点不习惯，我以往认识的男生很少。

问题因“他”而起。“他”与我同岁，但低我一个年级。

每次课间休息、吃午饭与放学时，我总会发觉他在我视线范围内，他还会害羞地望着我，所以我便开始对他加以留意，并留下了印象。

虽然我俩并不相识，但每次相遇时，总有种说不出的感觉。不知我俩是否都很怕羞，每次对望不久，必有一个先转移视线。有很多次，我俩一看见对方，便立刻望向别处，真是奇怪呢！

不知不觉，我喜欢他已有一年多了。虽然我俩并未真正认识，我亦离开了学校，更不知他现在是否有女友，但我仍很挂念他，无法忘记他。因为他，我放弃了其他可以发展的感情。

我是专一还是很傻？蔡澜先生，我希望你能够帮我找个可以适当处理这事的方法。

有些事，埋在心底比说出来更好，但这件事对我来说，是否应这样做？

祝安好！

读者晓仪　上

晓仪：

很显然，这个“他”是你的初恋。

啊，伟大，伟大。

互相望望，话也没说一句，已经那么深深地爱上对方。

是的，你很傻，但是世间有很多和你一样傻的人，我也曾经傻过。

劝你专心读书，是你父母的责任。我只能告诉你，你很正常，书照读，偶尔幻想和“他”在一起，是不会影响学业的。

你不必给自己太大的压力，很挂念“他”，就继续挂念下去。读死书，人会变成傻子。分一分神，想想自己爱的人，再回到课本中去，反而会让人更清醒。

读来信，你写得很有条理，一个 A-Level 的同学能把中文用得这么好是不容易的。我建议你别浪费时间，不如把想“他”的事写成文字。

初恋虽然永远忘不了，但是其中许多细节会随时光慢慢淡化。况且，长大之后，你会对某些情感渐渐麻木，再也回不到初恋的阶段了。

你说，有些事放在心里比说出来好，也没说错，只是有点可惜。放在心里的事，最好记录下来。你如果不想拿出来发表，就写给自己吧，这跟放在心里一样。不过，你已经在训练自己的写作能力和技巧了。

笔用得多，自然便熟练。许多人本身具备创作才华，但疏于运用，也就那么埋没掉了。有些人天分不是很高，但他们坚持写作，于是变成了一个很好的作家。这样的例子也很多。

少女情怀总是诗，只要你肯动笔，写出来的，必定是感情丰富的好文章。

写作可以成为兴趣，非但不会影响学业，反而会对功课有帮助，且能赚稿费，何乐而不为啊！

你心中的话，也许在来信中不敢都写出来，是留给自己看的。你大胆地把所有幻想记录下来吧，包括你认为最黑暗的秘密。试试看，你不会后悔的。

祝好！

蔡澜　上

我爱你

迷恋一个人，崇拜一个人，都是心理不成熟的表现。这与年龄和经历有关，我也曾经历过这个阶段。

蔡澜：

我实在忍不住心里的冲动，想要给你写信。你就像我的老友，我喜欢你的幽默及独特的见解。

初认识你时，是在《今夜不设防》节目里。那是一个有趣的节目：倪匡的傻劲儿使节目轻松，你的谈话内容使节目丰富；唯独不喜欢黄霑，他是一个虚伪的人（这个世界，谁不虚伪呢）。啊，那并不是罪过，只是别把我们当成傻瓜，虚伪也分很多层次呢！

从去年开始读你的书，一本又一本，现在差不多读完了，颇有失落感。

你的散文、游记我都喜欢看，读了至少两遍。我喜欢你的文笔，我想你是一个有幽默感的人。我钦佩你看事情有自己的独特见解。你以开怀的态度面对人生，这是会感染你的读者的，你知道吗？每次读你的书，也令我自己宽心呢！

蔡澜，我对你有一种特别的感觉，感觉跟你很熟悉，这是神交吗？你是否有很多像我这样的读者呢？

我一直是“亦舒迷”，为何从没有这种感觉呢？我觉得我们的思想可以倾谈，我甚至觉得爱上你了呢！你不会当我疯了吧。蔡澜，请把时间多用在散文、游记上，这是你的优点。你见识广博、风趣优雅，都在文章上表露了出来，就像与老友谈天说地，畅谈一番。你的内容美化了你的外貌，我甚至觉得你潇洒俊朗、玉树临风。你是一个博学多才、思想独特又我行我素的人。

无论如何，我只想让你知道，你有一个非常爱你的读者。

这种爱包含很多的，例如崇拜、思想接近等。或可以说，我觉得你就是我。

祝好！

你的读者明儿　上

明儿：

谢谢你的来信，以及那份我负担不了的感情。

首先，黄霑不是一个虚伪的人。如果他是，那你我还不是都有一点么？黄霑有多方面的才能，不可以用一种“自己不喜欢”来衡量他。他在作词作曲上的贡献，是绝对不应被抹杀的。

我的文字，如果能感染你的话，那么你也应该形成一种对人对事较为豁达的态度。

迷恋一个人，崇拜一个人，都是心理还不成熟的表现。这与年龄和经历有关，我也曾经历过这个阶段。

以前，香港有一位叫十三妹的作家，她在专栏里曾讨论过这个话题，还写了一篇《由崇拜到欣赏》的文章。

文中提到，“崇拜”是因为见识少、朋友不多而产生。渐渐地，了解了生活，“崇拜”这种感情便消失。但这不等于不再爱对方，而是从那份“痴”中抽身出来，变成一个旁观者，站在远处，继续爱戴、佩服、欣赏这个人。

我很赞同十三妹的看法，但我有更高的要求。我要求欣赏之余，还要互相影响。

如果你认为在某些地方我和你很像，那你何不学学我，尝试着写作？

别说“我哪里会写”这种废话。

会说话，便会写作。

写作，并非是一件伟大的事，只是把自己的思想记录下来罢了。熟能生巧，我刚拿起笔的时候，写出来的东西也是糟糕到极点。

读你的来信，文字运用得不差，中文有基础。你会写信，已是写作的一个表现。多读书，多参考别人的写作技巧，自己一定会慢慢进步。

写作不分贵贱，什么题目都可以大作文章，无所谓浪费不浪费的。

如果你试都不肯去试，那才是浪费。浪费了自己所花的时间，浪费了我告诉你的这一番话。

祝好！

蔡澜　上

以德报怨，必有报应

别以为你一向待人好便一定能得到好报。对人好是一种“送”的行为，而不是用来“收”的。

亲爱的蔡澜先生：

你好吗？

你在各方面的成就令我很是敬佩，而我则失败得多。

今年，我的生意失败了，又惹上了官司，令我很烦、很伤心、很有挫败感，亦难以相信世界上竟有这样以怨报德的人。我一向都善待别人，却永远得不到好报。可能你会认为我只懂埋怨吧！让我向你叙述整件事，请你教我如何面对吧！我不想重蹈覆辙。

我曾经营一家花果礼品店，由于各方面原因，在今年三月关门了。我有两个员工，其中一个因家庭问题，向我预支了薪水，承诺离开时清还欠我的钱。之后的几个月，他当然没有薪水，且扣除薪水后还欠我数千元。他便提议，由他结清清洁女工的薪水，因那女工是他的姨，最初也是由他介绍给我的。然而，他并没有履行诺言，为了避免他姨知道事情真相，他竟和他姨一同到劳工处，向我追讨欠薪。他亦试过在晚上兼职的地方接生意，却没有把生意交回我公司做，中饱私囊。他收了钱，到结业那天也没有交回公司。由于他收的是现金，对方说已把钱给了他，但没证据。

其实，他在职时，我对他很好，在经营不善的情况下亦给他加薪；外出旅行也带他一起去。现在回想起来，唯有慨叹一句“有眼无珠”，落得一个摊上官司的下场。

虽然遇到挫折，但我仍希望东山再起。我日后应注意些什么？请你多指点！多谢回复！

祝幸福愉快！

太善良的美女　上

太善良的美女：

世间以怨报德的例子很多，不单单发生在你一个人身上。我也曾经帮过一个远亲。自他一家人由内地来港，到他们能独立生活，他们的所有食住由我一手包办，到最后还借了我一大笔钱去做生意，最终却不肯还。

你夸我各方面都有成就，但有成就又如何？还不是一样给人骗吗？我也受过骗，你应该感觉好一点吧！没必要有挫败感。

佛教故事说，你被人骗，是上世应还的债。年轻时给人骗，总好过年老时才给人骗。等上了年纪，打击会更大。年轻时遭了这个劫，或许是一种福气。

也有人不喜欢这个故事，觉得非报仇不可。一有机会，就要以牙还牙。你可以这么做，等机会吧！也许机会来了，自己又心软了，下不了手。

在劳工法庭上，你可以用诚恳的态度去说明事情的来龙去脉，不要添油加醋，输就输。抱着这个心态，通常无往不利，事情说不定会顺利地解决。

没有人是可以不劳获的，你还是老老实实去打工吧！你年轻貌美，去求职的话，录用的几率会比丑女大得多。

若是你想找捷径，只有到欢场做事，但引诱你的陷阱更多，一不小心便不能自拔。虽然，现在已说不上什么“坠落火坑”，一切自愿，但还是避之为妙。

对自己有信心的话，无论什么工作皆能做。在心理上为自己制订一个能接受的准则，只要不越线，便是问心无愧。

别以为你一向待人好便一定能得到好报，对人好是一种“送”的行为，不是用来“收”的。

祝好！

蔡澜　上

牺牲一家店，还是牺牲一个男友

你自己还在犹豫，牺牲一家店还是牺牲一个男友。这是不是表示，对这个人，你爱得并不疯狂？

亲爱的蔡澜先生：

近日有些事情令我非常困扰，现向你讨教。

我于数月前放弃了原来的工作，开了一家精品公司，并聘请了一位男助手。起初，他工作勤奋，我非常欣赏其表现。下班时间，我俩会常常走在一起，令很多人误以为我们是一对。

有一次，因公司开张前后的工作太累，我和他决定出去放松一下，就一同去深圳散心。在那次旅行中，他给我介绍了一位朋友，那朋友很快便成了我的男朋友。由那时起，我跟助手的关系明朗化，而我亦肯定他只是我的好朋友。至于他怎么想，我到现在也不知道。

当我和男朋友恋爱一个月后，我开始发觉助手在悄悄离间我们。由于我男朋友在深圳经商，工作很忙，不能常常陪我，助手就叫我跟我男友分手，并说他是一个“大滚友”（不靠谱的人），但我没有相信他。他在我这边离间失败后，便从我男友那里入手。我不知道他对我男友说了什么，但自此之后，我男友一直借口说忙，甚至避开我，到现在我还未有机会问个明白。我并不怪我男友，因他认识我助手已有七八年，信任他也不意外。最令我气愤的是，我助手甚至离间我与朋友之间的感情，使我的一个闺中密友亦生了我的气。

最不幸的是，公司仍未上轨道，一切都还要靠他。请你指教，我该如何是好？如何挽救我与男友的关系？

谢谢你！

冬冬　上

冬冬：

你的问题很容易解决。你是想要一家精品店还是要终身幸福？这种选择不算难吧！

你这个助手已经到达了可怕和让人讨厌的地步。他要控制你，又要控制那家精品店，但两者却掌握在你自己手中，你怎会甘心让人白白指使？

好了，有了决定。区区一家精品店算得了什么？放弃好了。从今开始，靠自己总好过靠别人。

在做这个决定之前，我劝你把事情好好地分析一下。

一、深圳的那个男友，是不是像你助手所讲的，是一个“大滚友”？

二、那个被离间的友人，是不是受你的助手影响而疏远你？

三、与助手之间的感情，你也要负一部分责任。你一点也不爱他，怎么会和人家一同去外地旅行？

四、深圳男友，被你助手一讲就放弃你。这种人爱你够不够深？你应该明白。

五、你自己在犹豫，牺牲一家店还是牺牲一个男友。这是不是表示，对这个人你爱得并不疯狂？

可能你助手所说的并没有错，你自己盲目，看不清楚男友的为人。

可能你的友人，也看不过你交上一个“大滚友”而离开你。

可能你对这个助手，有点爱意。

可能你的深圳男友，已讨厌你了。

可能你爱金钱多过一切。

那么多的可能性，得一一考虑清楚。

祝好！

蔡澜　上

对人生越迷惑，越要把时间放在学业上

就是因为没有几个人的人生是真正丰盛和无憾的，才更应该去争取。做人自私一点不要紧，懂得爱自己，才懂得去爱别人。

蔡澜先生：

你好！我这次给您写信，不是为了爱情问题，而是想请教先生关于生命的一些看法。

我今年只有十五岁，可说只是生命的开始，还有很长的路等着我去走，但我已对生命感到失望和灰心。我们活着到底是为什么呢？是为了快乐吗？但什么是快乐？俗语有云：“人生不如意事，十常八九。”我们值得为人生的那一点点快乐而整天劳劳碌碌吗?

我们这样辛苦地钻营，到头来还不是尘归尘、土归土?那样努力地经营着，说不定一走到街上就被车撞死了，人生又有什么意义呢?有时，在街上看到一些潦倒的老人，心下感到悲哀，也不知是什么缘故。我很佩服他们，活了那么多年，着实不容易呢!我真想问问他们，怎样看自己的一生，有什么滋味呢?

我也曾萌生过自杀的念头，但我鼓励自己——活着还是好的。试想那些有缺陷的人，很多都勇敢地活了下来。我的条件不知比他们好多少倍，一样也不缺，更应该好好地活着啊!就当活着的每一天，都是赚回来好了。

活着还是不错的吧!人生的道路迂回曲折，多姿多彩，你永不知道在前面等着你的是什么。可能转一个街角，你会看到完全不同的景象，带给你惊喜和新的希望。但又有几个人的人生是真正丰盛和无憾的呢?

以上想法在先生看来，可能十分无知、幼稚，但我实在感到迷惘。先生的生活经验丰富，望能给我一些宝贵的意见。

谢谢!

秋绮　上

秋绮：

倘若你不事先告诉我只有十五岁，我还以为你是个老气横秋的哲学家呢！

不知道你是从哪里得来的学识，能把人生看得那么淡泊，大概是从流行歌词中听来的吧！

你既然已懂得人生变化无常，怎么会想到去自杀呢？也许，这是年轻人的特权吧！他们对于死亡感到迷惑，认为结束自己的生命也是一种时髦的想法。

但千万不能沉迷在这种想法中。自杀的念头，很可能会变成一种倾向，一旦不能自拔，迟早会走上这条路。

在你这般年纪时，我也曾经问过：人生是什么？活着的意义是什么？结果，我很快就得到答案：先对自己好一点。

什么叫“先对自己好一点”？那就是争取到自己想要的东西。

十五岁的人，能做些什么？那时我只有拼命写作，到处投稿。拿到了稿费，请同学到夜总会去玩。当年我没去过夜总会，一心想去看看。

这么多年来，我抱着一个宗旨：用努力赚回来的钱，好好享受人生。虽说“不如意事，十常八九”，但那剩下的“一二”，乐趣是无穷的。

我当年读两间学校，早上念中文，下午念英语。对人生越迷惑，越要把时间放在学业上。你尽可读个夜校，让自己忙得要命，就不会胡思乱想了。

是的，那么辛苦，到头来还是“尘归尘、土归土”。但是，生活条件好的话，什么好东西都吃过，什么好地方都去过，对死亡的恐惧就会减少。生活一旦充实起来，什么时候离开这个世界，就不是什么大不了的事。

街上遇到贫苦的老人，的确是悲哀，但也是爱莫能助。你若不想落得和他们一样的结果，就应该加倍付出努力，道理再简单不过。

你从十五岁开始就有那么多人生烦恼，可见是一个肯去思考的人。努力加油，说不定再过几年，你会变成一个真正的哲学家。

祝好！

蔡澜　上